ヒマラヤ今昔物語

目次

プロローグ

当時王国だったネパールを、ぼくがはじめて訪れたのは二十五歳のときでした。ベトナム戦争が泥沼化してアメリカの若者たちの間には厭戦、反戦の気分が広がり、ぼくが手にした最初の旅券には「北朝鮮、中国本土、北ベトナムおよび東ドイツ以外のすべての国と地域に有効」などと記され、アメリカの統治下にあった沖縄を訪れるにも旅券が必要だった、そんな時代のことです。

インド・パキスタン戦争が終結してバングラデシュが独立したのは一九七一年一二月一六日のこと。印パ戦争終結を待ってインドをめざそうとしていたぼくは翌七二年一月、冷たい雨の降る名古屋港から船に乗って、初めて日本を離れました。それはヤマハのバイクをシンガポールまで運び、ボルネオ島のナニヤラいう河をさかのぼってラワン材を積み込んで四〇日あまりかけて日本に戻ってくる、二千数百トンの小さな貨物船でした。

出航から一〇日後に最初に寄港したシンガポールで船を降り、列車やバスを乗り継いでマレー半島を北上し、マレーシアのペナン島からはインドの客船でベンガル湾を横切り、南インド、タミル・ナードゥ州のマドラス（現在のチェンナイ）に上陸しました。インドに着くのに一か月以上かかったぼくが、インド各地を巡って国境の町ビルガンジからバスでカトマンドゥに着いたころには、五月になっていました。酷熱のインドから一時的に避難するくらいのつもりでネパールを訪れたのですが、成行きまかせの旅に計画はあってないようなもの。ぼくはそのままネパールに長く暮らすことになってしまいました。

ネパールではこの年に父王マヘンドラの死去により、開明的君主として人気の高かったビレンドラ国王（一九四五～二〇〇一）が、二十六歳の若さで即位しています。

首都のカトマンドゥと、二〇〇キロメートル西の盆地の町ポカラを結ぶ道路は、当時まだ建設途上でした。未舗装のガタガタ道を運行しはじめたばかりの一日一往復の路線バスは、橋の完成していない個所では客を乗せたまま川原に降りて乾季で水の少ない浅瀬を渡り、途中故障することもなく明るいうちに着ければもうけもの、というありさまでした。雨季になって川が増水すると、乗客は川の手前でバスを降りて歩行者用の仮の橋を渡り、対岸で待っている別のバスに乗り換えなければなりませんでした。そんなハードで窮屈で面倒なバス旅行でしたが、乗客たちの表情がやけに明るく楽しげだった記憶があります。それまでは峠越えをいく度もくりかえして一週間以上かけて歩いていた道のりを、座っているだけで一日で着けるようになったのですから。

東西に長いネパールの、南部の平原地帯を横断する道路もほんの一部しか開通していませんでした。いったんインドへ出てバスや鉄道を乗りつぎ、インド側から再入国した方が早く容易に行き着ける、ネパール側には徒歩以外に交通手段のない国境近くの町も少なくありませんでした。タライ平原はその開拓がはじまっていましたが、一部の先住民族をのぞいて人間をよせつけないマラリアの猖獗《しょうけつ》地帯で、ヒマラヤの峰々に劣らない自然の障壁になっていました。野生動物が主人公のジャングルが広がっていたのです。

カトマンドゥはビルガンジと、ポカラはバイラワと道路で結ばれ、それぞれインド国境からバスで訪れることができましたが、北側で国境を接するチベットにいたる道路は、まだ一か所も開通していませんでした。

宿泊をかさねながらヒマラヤ山麓の村々を徒歩でめぐる「トレッキング」という言葉は当時日本では一般的でなく、ネパールに入る前にインドを旅していたときに出会った、ネパールから下ってきた旅行者の口から、ぼくはその言葉をはじめて耳にしました。

ぼくにとってネパールの旅とは歩くことであり、ネパールの暮らしとはランプや薪の生活に他なりませんでした。

トレッキングの起点ポカラから、いくつもの山を越え谷を渡って、「怒りながら歩いても」三日、「笑いながら歩いたら」五日もかかる深い谷の底にある小さな村が、ぼくの第二のふるさとになった西ネパールのダウラギリ県タトパニ村です。その道は古くから交易や巡礼でにぎわってきた街道で、宿泊や食事に困ることはありませんでしたが、英語の看板やメニュー、テーブルや椅子、ベッドや個室、そしてトイレのある宿はどこにもありませんでした。

それでも欧米や日本からの旅行者が、このころからヒマラヤの街道を奥地へとわけ入って行くようになっていました。当時は街道を往き来する現地の人たちと同じような旅をすることができました。いや、同じような旅をするしかなかったのです。トレッキング許可証や国立公園入園料、世界遺産入場料などの費用が、いまのようにかかることもありませんでした。ガイドもポーターも連れずに気ままに歩いて、気に入ったところには一週間でも一か月でも滞在することができました。

これからぼくがお話しするのは、そんな時代の「魑魅魍魎《ちみもうりょう》」の跋扈《ばっこ》する世界の物語です。

第一話　ダンフェ——狐に誑《たぶら》かされるはなし

一

乾いた草の斜面のあちこちに、毛足の長い白黒まだらの**ヤク**[1]が放牧されていた。なだらかな坂道を数歩登っては立ちどまり、肩を上下させて深呼吸をくりかえす。海抜四〇〇〇メートル近い高度の、酸素の薄さを実感していた。雲ひとつない快晴なのに大雨の音のようにきこえているのは、心臓から押しだされて脈うちながら脳内の血管を流れる、ぼく自身の血流の音らしい。足どりはふらついているが、気分は悪くなかった。

経文の刷りこまれた青、白、赤、緑、黄色の**祈禱旗**《タルチョー》[2]が、強風にはためく峠にたどり着いた。白く塗られた石造りの仏塔《チョルテン》のむこうに、**ヒマラヤ**[3]の峰々が広がっている。いちばん奥にそびえる**チョモランマ**[4](エベレスト山)は午後の陽をうけて赤黒い南面をかがやかせ、山頂付近には雪煙があがっていた。

クムジュン村の入り口をしめす仏画の描かれた門をくぐって木々のあいだを下っていくと、一九五三年に**シェルパ**[5]のテンジン・ノルゲイとともにエベレスト初登頂を果たした、英国隊の**エドモンド・ヒラリー卿**[6]が建てたという小学校がある。夕方に近いその時間、子どもたちの姿はなかった。経文のきざまれたマニ石の列にそって村の中の平坦な道を進むと、大きな荷物を左右に振りわけて背負ったヤクの隊列が、首からさげた鈴をならしながらすれ違っていった。
北にそびえる雪のついていない褐色の岩山**クンビラ**[7]に抱かれるようにして、なだらかな斜面に一五〇戸あまりの集落のひろがるクムジュンは、ヒマラヤ登山のガイドとして名をはせるシェルパ族最大の村だ。この村は、ヒマラヤの高地でしか見られないネパールの国鳥「**ダンフェ**[8]」の里としても知られている。

ふだんは森や草つきの岩場にかくれているが、朝夕餌をもとめて現われるという村はずれのジャガイモ畑に行ってみたら、数羽のダンフェが餌をあさっている姿にいきなり遭遇した。堆肥を鋤きこんで耕され、種イモが植えつけられたばかりの乾いた畑の土を突っついて、ぼくが近づくのを恐れる様子もなく夢中で虫をついばんでいる。

目の前に姿を見せたのは体長七〇センチほどのオスばかりで、先端が葉っぱのような形をした冠や頭は緑色で、目のまわりは光沢のある青、胸は濃紺から黒、背中は頭部から赤、オレンジ、黄色、黄緑へと変化していく。羽は青から紫、尾の先は茶色だった。和名の「虹雉《にじきじ》」という名にふさわしい鮮やかさだ。

印度孔雀《いんどくじゃく》（**マユール**[9]）や緋縅綬鶏《ひおどしじゅけい》（**モナール**[10]）など、この国を代表するキジ科の鳥の華麗さはどれもオスに際立っていて、ダンフェもメスは茶色っぽい体色で頸のあたりが白く、オスよりやや小柄な、夏の雷鳥に似た地味な姿をしている。

ときのたつのを忘れてしだいにその数をましていくダンフェの群舞にみとれ、あたりに夕闇がせまっていることにも気づかなかった。

二

石垣のむこうの草やぶから、突然大きな**キツネ**[11]が顔をだした。耳の上半分が黒く、五〇センチほどもある長い尻っぽの先が白くなっていて、全身は赤みがかった長く柔らかい毛でおおわれている。

キツネはぴょんとはねて、餌あさりに夢中になっているダンフェの一羽にとびかかった。襲われたダンフェは「ピーッ、ピーッ！」と高音の鳴き声をあげて羽をひろげてとび、かろうじて難をのがれて石垣をこえて消えていった。気がつくとほかのダンフェたちの姿も見えなくなっていた。

キツネのいた場所には、どこからあらわれたのか人間の女がかがんでいる。枯れた蔓草を拾いあげて首に巻きつけると、それは紅い珊瑚玉のまん中に大きな緑のトルコ石のついたネックレスにかわっていた。さらに両手であたりの枯葉や草をかき集めて押しまるめていたかと思うと、いつの間にかそれが人間の赤ん坊になっていた。

女は赤ん坊を抱いて立ちあがり、畑の石垣にそって歩きだした。切れ長の目をした若く美しい顔立ちのきゃしゃな姿の女で、シェルパ族などチベット系の女性が着る「チュパ」とよばれる足首まである焦げ茶色のワンピースに、色鮮やかなエプロン「パンデン」を既婚女性であることをしめす前側につけている。赤、黄、ピンク、青、白、茶色などの横じま模様の、厚手の布をいくつか縫いあわせたものだ。あたりはすっかり暗くなっているが、女のまわりだけがボーっと薄あかるく浮きあがって見えた。

ぼくは道におちていた棒切れを拾って持ち、人間の女に化けたキツネのあとをつけていった。女は石造りの小さな平屋根の家の戸をたたいて、

「お義母《かあ》さん、ただいま、わたしよ」

と言った。

戸が開かれて中から年配の女性があらわれ、赤ん坊を抱いた女が家の中に招じいれられた。ぼくは夢中で飛びだしていって戸口に立ちふさがり、

「おばさん、その女はキツネだよ!」

とさけんだ。

「化けるところを見ていたんだ。だまされちゃいけない。はやくたたき出さないとひどい目にあうよ」

女性はびっくりして口をあけたままぼくを見ていたが、しばらくして気をとりなおし、

「うちの嫁になんてこと言うの！　あんたこそキツネにたぶらかされているんだろう」

と言い返した。

若い女は子どもを抱いて家の中に走りこみ、驚いたような顔をむけて様子をうかがっている。

「そうじゃないんだよ、おばさん！　この女が抱いているのは木の葉なんだ。うそだと思うなら赤ん坊を松の葉で燻《いぶ》してみるといい。すぐに正体をあらわして、女も尻っぽを出すから」

ここで引きさがるわけにはいかない、と思ってぼくは必死に説得をこころみた。

「へんないいがかりはよしてちょうだい。登山隊のメンバーといっしょにチョモランマに登りに行っている息子の留守中に、孫に万一のことがあったらどうしてくれるつもりなの。だいたいあんたは何者なんだい？　こんな夕暮れどきに嫁のあとをつけて来たりして…」

「ぼくは通りすがりの旅の者だけど、木の葉を赤ん坊にかえるところを見てしまったんだから。ほんとにおばさんの孫なら、煙で燻したくらいでどうにもなりはしないよ」

「どうしましょう、お義母《かあ》さん。わたしくやしい」

女が戸の外に出てきて、細い目をつりあげてぼくをにらみつけながら言った。心底怒っているように見えるその透けるように青ざめた顔は、ぞくっとするほど妖艶で美しかった。

「くやしかったら赤ん坊を燻してみろよ、この牝ギツネめ！」

精一杯居丈高に言って、ぼくは女をにらみかえした。

「いいわ、燻してみせます。でももし何もおこらなかったら、あなたを許しませんよ」

女は怒りに身をふるわせて言った。

心配そうに引きとめる義母をふり払って、女はかまどの火おこしにつかう青松葉をひとつかみ奥から持ちだして来た。それを戸口の前の道に積んでぼくが火をつける。紅い炎が燃えあがって、青白い煙が立ちのぼった。

「さあ、赤ん坊をこっちによこしなさい」

女に抱かせたままではどんな誤魔化しをされるかわからない、と思ったぼくは女から赤ん坊を取りあげて煙の上にかざした。赤ん坊は小さくせきこんで身体をぴくぴくけいれんさせたかと思うと、ぐったりしてしまった。木の葉にもどることもなく、赤ん坊は死んでいた。それを見て女は、

「あっ！」

とさけんでその場にくずれ落ち、気をうしなってしまったらしく動かなくなった。化けの皮がはがされて尻っぽを出すこともなく、目をとじて口を少しあけたままの美しい人間の女が、あおむけのまま地面に横たわっている。

義母は彼女を助けおこそうともしないで、

「それごらん、人でなし！」

とわめきたてながら手足をふるわせて、ぼくにつめよってきた。

とんでもないことをしてしまったと途方に暮れて、ぼくはされるがままになっていた。異国の奥地の村で人助けのつもりでしたことがとんだ思いちがいで、おさない命を奪う結果になってしまったのか…。

女を抱きおこして、ゆすってみたり頬をたたいてみたりした。ようやく意識のもどった彼女はぼくに抱かれているのに気づくと、ぼくを突きとばして立ちあがり、絹を引き裂くような悲鳴をあげて泣きだした。

三

さわぎをききつけて、近所の人たちがすすけたガラスの火屋《ほや》のついた手さげランプをさげて集まってきた。起こった出来事をかれらに義母が涙ながらに語り、ぼくは言葉少なにそれを認めるしかなかった。

「いまとなってはいい訳にもなりませんが、キツネが女に化けて、枯葉を赤ん坊にかえているのをこの目で見たような気がして、すっかりそれを信じこんでしまっていたのです」

ぼくは力なく弁解した。女は死んだ赤ん坊を抱いて立ったまま泣きじゃくっている。

「赤ん坊が死んでしまったのだから、ふもとの警察にも届けなくてはならないだろう。警官が来て引きわたすまで、この男をどこかに監禁しておかなければ…」

男のひとりが興奮した様子で言った。警察署のある村までは、ここから徒歩で五日かかるという。

「警察なんぞに知らせて警官たちが村にやって来たら、やつらに何日も居座られ好き放題に飲み食いされて、村は面倒に巻きこまれて大散財させられることになるぞ」

と別の年かさの男が言った。下界の王国政府の、腐敗した官憲に対する不信感は相当強いらしい。

「それに被害者のあんたたちも警察署のある遠くの村に出頭させられて、何日も留めおかれて事情聴取を受けなきゃならんし、その旅費も滞在中の費用もすべて自腹を切らにゃならんのだから、警察に届けてもなんのいいこともないんじゃ。そのあげく、この男が警察に大金の賄賂を贈って放免、なんてことにもなりかねんし…。明日にでも内密で村の長老に集まってもらって、あんたらも交えてこの男の処置を決めてはどうだろう。賠償金を支払わせて追いはらうなり、それではあんたらの気がすまないというのなら殺してどこかに埋めてしまうなり、いずれにしても警察沙汰にはしないで、秘密裏に片をつけた方がいいじゃろう」

ぼくはまな板の上の鯉だった。

「この異国の男のしたことは許されるものではないが、悪気ではなくいわば親切心からしでかしたことではあるし、どう始末をつけるかは明日きめることにして、今夜のところは身柄をわしが預かることにしよう」

とそれまで黙っていた村の仏教寺院の老住職《ラマ》が言った。

村人の尊敬を集めているらしいおだやかな風貌の老**ラマ**[12]の言葉にみなも同意して、ぼくはひとまずほっとしていた。

老ラマは土間に敷かれたゴザの上に横たえられた赤ん坊の遺体の前で簡単な枕経をよみ、ぼくをつれてその家をあとにした。

四

ラマの手にするランプのあかりから離れすぎないように、夢中で歩きつづけた。ゆったり歩いているように見えるが、歩きなれた老人の足ははやかった。

村の中の平坦な道は、岩山を登っていくけわしい道にかわっていった。ラマは途中ほとんど口をきかなかったが、山道にさしかかったとき、

「うしろを振りむいてはならぬ」

と先ほどのおだやかさとは打ってかわった、厳しい口調で言った。

岩山のくぼみの暗闇に、土と岩を積みかためた僧院があらわれた。お香とヤク・バター[13]のにおいにあふれた本堂の奥に鎮座する、観音像の前にぼくは座らされた。

バターの灯明のともる真ちゅうの小皿が無数にならんでいて、指先に眼のある四二本の手と

二七の頭を持つ色あざやかな千手千眼観音が、あかりの中に浮かびあがっていた。かたわらでは黄色い法衣にえんじ色の袈裟を巻きつけた若い僧侶たちが床の上にかがみこんで、ぼくの犯した罪を浄化するために、極彩色の砂曼荼羅を描いてくれている。器に入っている赤、青、緑、黄、紫、白、オレンジなどの色のついた砂を細い筒状の筆につめて、軽くたたいてほんのわずかずつ落としながら着色していく、気の遠くなるような作業だ。

合掌しながらぼくの知っているただひとつの真言[14]「オーム・マニ・ペメ・フム」をとなえつづける。老僧がぼくの背後に立って髪の毛を剃ってくれた。渡されたうちわ太鼓をばちで激しく打ち鳴らし、死んだ赤ん坊を供養するための真言をぼくは大声でとなえつづけた。

いつの間にか住職は姿を消し、夜があけて朝日がぼくの頬を照らしていた。ふと気づいてあたりを見まわすと、そこには観音像も灯明もお堂もなく、枯れ枝とひからびたサトイモの葉っぱを手にして、クンビラ山の中腹のくぼみの地べたにぼくは座っていた。砂曼荼羅の描かれていたはずの地面には、大きな乾いたヤクの糞がいくつも転がっていた。頭髪をむしり食いちぎられたらしく、頭は傷だらけ、血だらけになっていた。

眼下にはクムジュン村の集落や畑が広がっていて、朝日があたりはじめていた。このまま逃げ帰ってしまう気にもなれず村にもどってみると、きのうの若い女が家の前の日なたにむしろを広げて足をのばし、機織りをしていた。日焼けして頰を紅くそめた彼女が身につけている色とりどりの横じま模様のエプロン「パンデン」は、埃まみれの色あせた洗いざらしのものにかわっている。なにごともなかったように、女は屈託のない笑顔をうかべ、

「タシデレ！」

と合掌しながらシェルパ語のあいさつを送ってくれた。

彼女の脇では元気そうな赤ん坊が、たらした鼻水をぬぐった汚れた手で織りあがった布をひっぱって、母親にやさしくたしなめられているのだった。

「タシデレ！」

と合掌をかえして、ぼくはそこを通りすぎた。

海岸に打ち寄せる波のような血流の音が、脳内にくりかえし響きわたっていた。頭に手をやると、むしられ食いちぎられてできていたはずの傷はすっかり消えていた。

（第一話　完）

註

1 **ヤク yak** 偶蹄目、ウシ科、ウシ属の哺乳動物。肩高一六〇～一八〇センチ。体重五〇〇～五五〇キロ。ヒマラヤやチベット、中国西部の高地に分布している。家畜のヤクは荷役用、農耕用、乳用、食肉用。皮革や毛も利用され、糞は燃料や肥料になる。狩猟の対象になっていた野生種は減少して、絶滅が危惧されている。

2 **タルチョー dharchok** チベット系住民の住む村の家々や寺院、峠の石塚などにみられる経文などの刷り込まれた色とりどりの祈祷旗。旗の五色の地色、青、白、赤、緑、黄はそれぞれ、天、風、火、水、地を表わしている。仏教伝来以前から栄えていた自然崇拝を根本とする原始宗教、ボン bon 教の風習の名残りとされる。

3 **ヒマラヤ himalaya** サンスクリット語の hima（雪）と alaya（住居）の合成語で、「雪の家」「雪の蔵」という意味。西のインダス indus 川から東のブラマプトラ brahmaputra 川まで、すなわちパンジャブ punjab ヒマラヤからアッサム assam ヒマラヤまでの東西約二四〇〇キロに連なる世界最高、最長の山脈。八〇〇〇メートル峰一四座のうち九座が、その中央部八〇〇キロを占めるネパールヒマラヤにある。西からダウラギリ daulagiri（八一六七m）・アンナプルナ annapurna（八〇七八m）・マナスル manaslu（八一二五m）・シシャパンマ shishapangma（中国領。ネパール名はゴサインタン gosainthan）（八〇一三m）・チョーオユー cho oyu（八一五三m）・エベレスト everest（八八四八m）・ローツェ lotse（八五一六m）・マカルー makalu（八四七一m）・カンチェンジュンガ kanchenjunga（八五八五m）の九座。

4 **チョモランマ chomolungma**　チベット語（シェルパ語）で「大地の女神・世界の母神」の意。ネパール語名のサガルマタ sagarmatha は「世界の頂上・大空の頭」という意味のサンスクリット語に由来している。英領インド時代の一八五二年に世界最高峰であることがわかり、測量局長官としての業績のあった英国人ジョージ・エベレストの名をとって、エベレストと名づけられた。

5 **シェルパ sherpa**　エベレストの南麓、サガルマタ sagarmatha 県ソルクンブ solu khumbu 郡を故郷にもつチベット系（チベット語の方言のシェルパ語を母語にもち、チベット風の生活様式や風俗習慣、社会制度をもつ）民族。チベット語で「東の人」の意。

6　**ヒラリー卿　Edmund P Hillary**（一九一九〜二〇〇八）ニュージーランドの登山家。イギリスのエベレスト隊に参加し、テンジン・ノルゲイ・シェルパ Tenzing Norgay Sherpa（一九一四〜八六）とともに初登頂者となった。一九六〇年代にはネパールで学校建設に従事した。

7　**クンビラ　kumbhira**　標高五七六一メートル。シェルパ族の間で崇敬される神の山で、登頂は許されていない。サンスクリット語で「鰐《わに》」を意味するクンビラはガンガー川の鰐が神格化されたもの。仏教では薬師如来につき従う十二神将のひとつ「宮毘羅《くびら》」で、日本では大物主神《おおものぬしのかみ》の垂迹《すいじゃく》として金毘羅《こんぴら》大権現とよばれ、海上の守護神として広く信仰されている。

8　**ダンフェ　danphe（虹雉）**　ヒマラヤ山麓に住むキジ目、キジ科の鳥で、夏季は海抜四五七〇〜三三〇〇メートルの岩場や草地の斜面に生息し、冬になると海抜二五〇〇メートルあたりの森林地帯まで下りてくる。

9　**マユール　mayur（印度孔雀）**　キジ目、キジ科。オスの体長は一八〇〜二三〇センチで、頭部・頸部は濃青色、冠羽の先端や体側面は青緑色、腹部は黒緑色の羽毛で被われる。翼は青い光沢のある黒色。インドの国鳥。

10

モナール monal（緋縅綬鶏） 標高二四〇〇～四二五〇メートルの森林地帯に生息するキジ目、キジ科の鳥。オスの体長は六七～七二センチで、鮮やかな紅色に黒い縁取りのある白色の斑点がみられる。

11

キツネ（狐）phyaulo ネコ目（食肉目）、イヌ科の哺乳動物。ネパールには三種類のキツネがいるが、海抜三〇〇〇メートルを超える高地に分布しているのは、体長七〇センチほどの rato phyaulo（赤ギツネ）。

12

ラマ lama「真理の伝達者、無上者」を意味する「ラマ」は、チベット仏教の高僧、高徳の師の尊称として使われ、チベット仏教の一般僧侶もさす。宗教上の師であるラマを崇拝することから、欧米や日本など外部世界ではチベット仏教のことを「ラマ教 lamaism」と俗称することがあるが、チベットやモンゴル、ネパール、ブータンなどの仏教徒がラマ教、ラマ教徒を自称することはない。チベット仏教は金剛乗《ヴァジュラヤーナ》として知られる密教を含む大乗仏教《マハーヤーナ》。

13

オーム・マニ・ペメ・フム om mani padme hum チベット仏教徒が最も頻繁に唱える観音菩薩の真言（陀羅尼《だらに》）。チベット語で六文字となることから六字真言と呼ばれる。

14

ヤク・バター yak butter　「ヤク yak」は日本語や英語の辞書にも載っている世界の共通語になっているが、チベット語（シェルパ語）では牡ヤクだけをさす言葉で、牝は「ナク nak」という。したがってヤク・バターやヤク・ミルク、ヤク・チーズは（正しい意味では）存在しない。

第二話　プタリ――蝶の化身に出会うはなし

一

中部ネパールにそびえるヒマラヤの巨峰、**アンナプルナ**[1]と**ダウラギリ**[2]を東西に分かち、鉈《なた》を振り下ろしたように切り立った世界一深い峡谷をなして**カリガンダキ川**[3]が流れている。カリガンダキ川に注ぎ込む支流のひとつ、ダウラギリⅠ峰に源をもつラウガート川の上流の谷間にあるという秘湯の露天風呂をめざして、ぼくはけわしい山道を登って行った。ラウガート川の谷底は切り立った岩盤におおわれている。斜面に段々畑の広がる村々をむすぶ道は川から大きく離れた日当たりのいい山腹を横切るように上流に向かって続き、その背後には森林地帯が広がっている。

温泉までは道ぞいにある村から急坂を三〇分あまり下らなければならず、近くには民家はもとより家畜小屋ひとつないらしい。野宿になることを覚悟していたぼくは、昼食をとった途中の村で「おにぎり」をつくらせてもらった。

看板を出した食堂などあるはずもない街道から外れた山村であっても、この国の国民的定食ともいうべき「**ダルバート**[4]」にありつくのは、さほど困難でないことをぼくは知っていた。挽き割豆のスープ（ダル）、ごはん（バート）、野菜などのおかず（タルカリ）、それに少量の漬物（**アチャール**[5]）というネパールの食事の定番セットを、町でも村でも大多数のネパール人は一日二回毎日食べているのだから、それを食べさせてもらうだけのこと。専門の食堂ではないから、注文を聞いてから米を研ぐことはもとより、おかずの菜っ葉などを裏の畑に摘みに行くことからはじめるのだから、時間のかかることは覚悟しなくてはならない。しかしぼくの旅には時間だけはたっぷりあるから何の問題もない。いくばくかの金と引き換えに、食事を用意してくれる人や家を見つける嗅覚や交渉力を、ぼくはすでに身につけていた。

こうしてこの日もなんとかありつくことのできたダルバートの、残りごはんで塩をまぶしただけのおにぎりを作ることにしたのだ。ジャポニカ米とちがって粘りけのないインディカ米である上、多めの水で煮たてて沸騰したあと余分の煮汁をすてて水分を調節し、しゃもじでかき回しながら炊きあげる、「湯取り法」とよばれる調理法で炊いた飯だから、ダルバートには適していてもおにぎりには向かないパサパサのごはんなのだが、力を込めてなんとかボール状に固めることができた。そして村に一軒だけあった小さな商店で、即席めんやビスケット、あめ玉など、その店で手に入るすべての種類の食品を買いたして、ザックにつめこんで来ている。

二

太陽はとっくに西の山にかくれている。樹林にかこまれた谷底までの道のりは、長くけわしかった。

巨大な岩のあいだを白いしぶきをあげながら奔流する川の高い位置に、ややかたむいた小さなつり橋がかかっていて、すぐ上手には遠くから見えていた滝が、川音をかき消すような轟音をひびかせて落下している。対岸の橋の下の岩間に、透明の湯をたたえた露天風呂が見える。滝壺のすぐ前におおいかぶさるようにせり出した崖の下を今夜の野営地ときめ、荷をおろしてマットを敷き、風よけのシートを張った。

ほかに人の姿はなかったが、過去の湯治客のものらしい焚き木や石を組んだかまどが残っていた。大きな岩が折りかさなるようになった川原におりれば、薪になりそうな乾いた流木がいくらでもあった。湯をわかし、あたりに生えていたミントの葉も加えて、砂糖もミルクも入っていない紅茶をいれてひと息ついた。

湯槽《ゆぶね》はふたつあって、川すれすれの大岩に抱かれるように湯をたたえている浴槽の方が熱くて気持よさそうだ。洞窟のようになった崖下にあるもうひとつの湯槽はぬるめだが、すぐ脇が飲用の源泉と洗い場になっている。ニワトリを「いけにえ」にして供犠《プージャ》[6]をしたのだろう、こちらの湯槽の横の石の上には血がついていて、紅白の布紐《ダジャ》が小枝にしばりつけてあった。

温泉に浸かるのはあとまわしにして、日没前に夕食をすませてしまうことにした。細長い茎に小さな褐色の傘をつけたキノコを、温泉のまわりの日陰の湿った地面にいくつも見つけ、即席めんにまぜて煮こみ、おにぎりを頬ばるだけのひとりきりの夕食はすぐに終わってしまう。

すっかり暗くなった小径をヘッドランプで照らしながら、温泉に浸かりにいった。ほどなく崖の上から満月に近い大きな月が顔を出した。岩の上に立てておいたロウソクの火を吹きけす。あかるくなった空にシルエットになったつり橋が、見あげる位置にかかっている。のしかかるような大きな岩のあいだから、無色透明・無味無臭の熱い湯が湧きだしていた。湯槽の縁に腰をおろして外側に足をのばせば、岩にもまれてしぶきを上げるつめたい川にふれることができる。熱い湯に浸かったり、岩の上に腰をおろして風にあたったりをくり返した。

湯槽をおおっている大岩と、半分川の水に浸かって引っかかっている倒木のあいだに大きな蜘蛛の巣がかかっていて、それが激しくゆれていることに気づいた。脚の長い黒い蜘蛛が蝶を捕えようとして糸を巻きつけ、蝶が翅《はね》をばたつかせて逃れようとしているのだった。

タオルを絞ってぬれた両手をふき、岩の上にのぼって蜘蛛の巣網を破って蝶をつまみ取った。

巣の中心をこわされた蜘蛛は、隅の高い位置へと逃げていった。巻きついた糸を注意深くほどいてみると、翅に黒く縁どられた赤い斑点がいくつもついた、透きとおるように白い美しい蝶だった。蝶コレクターたち垂涎《すいぜん》の的の、ヒマラヤの高山帯だけに分布する**ヒマラヤヒメウスバシロチョウ**[7]（・・**姫薄羽白蝶**）だ。乾いた岩の上にそっとおいてやると、しばらくじっとしていたが、やがてよろよろと這い歩き、ゆっくり翅を伏せたり立てたりをくり返して、たよりなげに翔びさっていった。

三

湯からあがって宿営地にもどり、寝袋を開いてマットに敷いてすわり、かまどの熾火《おきび》に薪をたっぷりたして大きな焚火を燃えあがらせる。そこに音もなくひとりの少女があらわれてぼくの前に立ち、

「さっきは、ありがとう」

と言った。

[8]**サリー**や[9]**ルンギ**、[10]**チョロ**といったこの界隈の村の女性の服装とはまったくちがう、裸足のくるぶしまで隠れるような厚手の長い緑のワンピースに身をつつんでいる。その見なれない衣服には、どこにも縫い目らしいものがなかった。腰の脇に小さな竹籠をのせて左手で抱えている。月光と焚火の火に照らされて浮かびあがった少女の幻想的な姿は、この世のものとは思えないほど美しく、人形のように整った顔立ちをしていた。ありがとう、という彼女の言葉の意味を考えるのも忘れて茫然と見とれていると、

「即席めんと冷やごはんのかたまりだけでは、ひもじかったでしょう？」

とぼくのさびしい粗末な食事風景を見ていたかのようなことを言って、しゃがみ込んでマットの上に籠をおき、まぶしいほどの笑顔をうかべながら、中に入っているものを取りだしていく。[11]**沙羅**《サル》の葉を竹ひごで縫いあわせて作った[12]**葉皿**《タパラ》に盛られたご馳走が、つぎつぎにならべられていった。

　米粉でできたドーナツ状の揚げパン「[13]**セルローティ**」。[14]**去勢山羊**《カシ》の骨つきカレー。ココナッツやカシューナッツ、レーズンなどの入ったバターの匂いが香ばしい炊きこみご飯「ビリヤニ」の中には、大きな骨付き鶏のもも肉が隠れている。スパイスたっぷりのポテトサラダ「アルコアチャール」。小籠包《しょうろんぽう》形の蒸し餃子「[15]**モモ**」には、トマト味で唐辛子たっぷりの荏胡麻《えごま》のタレがかかっている。

そしてデザートには、固形乳と小麦粉の団子を精製バター「ギウ」で揚げて、甘いシロップに浸した「ラルモハン」。木をくり抜いて作った瓶には、乳脂肪分の多い水牛のミルクで作ったヨーグルト「**ダヒ**」[16]。小さなやかんには、砂糖やミルクたっぷりの**肉桂**《シナモン》[17]入りの紅茶《チャ》が入っていた。

竹籠から次つぎにあらわれる食べ物の種類と量の多さにも驚かされたが、どこから運んできたのか、料理はどれも火からおろしたばかりのように湯気を立てていた。

「きみは誰？　どこから来たの？」

と、やっとのことでたずねると、

「わたしはプタリ。あなたにご馳走してあげたくて持ってきたの。さあ、さめないうちに食べましょうよ。冷えこんできたようだし…」

ぼくは不思議とも思わずに、プタリという名の少女の給仕してくれる料理を口にはこんでいた。ぼくの脇に身体をよせるように座った彼女も、当然のことのようにいっしょに食べたり飲んだりしている。とろけるような美味しさに夢中になってしまったのは、ここ数日粗末な食事がつづいていたせいばかりではなかった。

四

　プタリはだまって身をよせ、ななめ下から見つめていた目をとじた。ぼくはそっと彼女に口づけした。両腕をあげてぼくの首の後ろにまわしてきたプタリを強く抱きしめる。彼女が立ちあがって両手で緑のワンピースをつかんで引きあげ脱ぎすてると、中にはなにも着けていなかった。白い透きとおるような肢体が月光に浮かびあがった。黒に近い栗色の長い髪、バラのつぼみのような乳首が小きざみにふるえる形のいいまるい乳房、柳の若枝のようなしなやかな細い腰…。ぼくも着ているものをかなぐり捨て、ふたりははげしく抱擁し、寝袋の上に倒れこんだ。自然の本能の堰は切っておとされ、起こるべきことが起こり、それが深夜までくり返された。

　プタリが処女であったことをしめす祝福された汚れを洗いきよめるために、裸のまま露天風呂へ走る。地面に足がふれていないかのような身軽さで、舞うように、翔ぶように、歓喜の笑みをうかべて走るプタリは美しかった。

　熱い湯に浸かりながら遊びたわむれていたとき、岩の上に巣を張った大きな蜘蛛を見つけたプタリが、

「キャッ！」

と悲鳴をあげてぼくにしがみついてきた。

「大丈夫、なにも怖がることはないよ」

と言ってプタリを抱きしめる。

「あなたに会えてよかったわ。なにか胸さわぎがするの。もうじき寿命が尽きてしまうのかしら」

「胸さわぎなんてよくあることさ。遅かれ早かれ誰でもいつか寿命は尽きるものなのだから、気に病むことはないよ」

ぼくは自分に言い聞かせるようにこたえていた。

湯からあがって、裸でひとつの寝袋にもぐりこむ。プタリと抱きあったまま、ぼくは眠りにおちていった。

五

目がさめると、明るくなっていた。

プタリの姿はどこにもなく、昨夜の宴の跡に残っていたはずのご馳走だけでなく、沙羅《サル》の葉を縫ってつくられた葉皿《タパラ》まで、なにひとつ残されていなかった。焚火の火も消えてつめたくなっている。

　源泉の湯の湧きだしているところへ顔を洗いに行った。近くの地面にヒマラヤヒメウスバシロチョウの屍骸があり、数十匹の蟻がそれを運ぼうとしている。目の前に生い茂っているソバに似た白い花をつけた野草の葉裏には、小さな白い卵がたくさん産みつけられていた。触角や脚がもげ、翅もいたんで鱗粉も落ちてしまっている蝶を拾いあげ、蟻を払いおとして滝壺の下の激流へそっと流した。

　この川もカリガンダキ川を経て**ナラヤニ川**[18]とその名をかえ、インドに入って**ガンガー**[19]本流に合流していくはずだ。

　砂糖もミルクも入っていない紅茶とビスケットでさびしい朝食をすませ、温泉をあとにした。下ってきた山の対岸、川の東岸の山腹の道にでる斜面は、谷底を見おろすのが恐ろしくなるような急な登り坂だった。這うように登った先にふたたびあらわれたダウラギリI峰は、おどろくほどの近さに「白い山」という意味のその名のとおり、白い切りたった南面をかがやかせていた。

　小さな畑に囲まれて数軒の家がならぶ集落があらわれ、主婦らしい女性がふたり、道に面した前庭にむしろを広げて日なたぼっこしていた。おたがいの頭に菜種油をすりこみ、目のこまかい竹櫛で髪を梳きながら**シラミ**[20]の取りっこをしている。シラミにとりつかれてしまったら、文字通りシラミつぶしに駆除していくしかない。彼女たちが使っている竹櫛は、小さな卵さえ通さないほど目の詰まった、シラミとり専用のスグレものだ。

ぼくは彼女たちに、食事をつくってもらえないかとたのんでみた。シラミ取りの手をとめたふたりの相談はすぐにまとまって、ひとりがダルバートを、向かいの家に住むもうひとりが水牛のミルク入りのお茶《チヤ》をつくってくれることになった。

食事の支度を待つあいだに、プタリという名の少女のことをたずねてみたが、ふたりとも知らないという。しかし、「プタリ」というのはネパール語で「蝶」という意味であり、「人形」のことでもある、と教えてくれた。谷間の温泉のことはよく知っていて、ふたりともときどき湯治に行くという。温泉のまわりに生えていて、きのうの晩即席めんに入れて食べたキノコについて訊いてみると、

「あんた、あれを食べたのかい？　水牛の糞《ふん》の上なんかによく生えるんで、ここでは『糞キノコ《ゴバルチャウ》』っていっているけど、とんでもない幻覚が見えたりする毒キノコで、だれも食べたりはしないよ」

ひとりがそう言うと、もうひとりが、

「蝶ちょうにでもなったつもりで、翔べると思って崖から落ちたりしないように気をつけておくれよ」

　と言って、ふたりは声をあげて笑った。

　温泉に浸かってきたばかりだというのに、なんだか体中がむず痒くなってきた。


（第二話　完）

註

1 **アンナプルナ annapurna**　アンナプルナはシヴァ神の妻パルヴァティ parvati 女神の異名、豊穣の女神。主峰のアンナプルナー峰の初登は一九五〇年のフランス隊。人類初の八〇〇〇メートル峰登頂になった。登頂を果たしたリーダーのM・エルゾーグ Maurice Herzog（一九一九〜二〇一二）らは悪天に阻まれて困難な下降をつづけ、死の一歩手前で収容された。手足の指を切除したエルゾーグが病床で口述した『処女峰アンナプルナ・最初の八〇〇〇メートル峰登頂』（一九五一年）はベストセラーになり、世界各国語に翻訳された。

2 **ダウラギリ daulagiri**　一九五〇年のフランス隊は当初ダウラギリー峰をめざしたが断念、カリガンダキ川対岸のアンナプルナー峰に転身して登頂を果たした。ダウラギリー峰の初登頂は一九六〇年、スイス隊によってようやく果たされた。

3 **カリガンダキ kaligandaki 川**　ヒマラヤの峰々の北側、中国領チベットとの国境に源を発して南流し、ガンダキ県、ナラヤニ県、ルンビニ県の交わる聖地デヴガート devghat で東からのトウリスリ trisuli 川と合流、ナラヤニ narayani 川と名を変える。

4

ダルバート dal bhat 日本語で食事のことを「ごはん」というように、ネパール語でも「食事」のことを「バート」ということがあり、それはそのまま「ダル・バート・タルカリ」のことを指す。朝の起き抜けや食事の合間に食べる軽食のことはカジャ khaja という。

5

アチャール achar ダル・バート・タルカリに少量つけあわせる、野菜、果実などを塩・油・レモン・唐辛子、各種香辛料等で和えて調理した漬物風のつけあわせ。瓶詰などにして長期間保存のきくもの、市販されているものも多い。

6

プージャ puja 神々に水・花・香・米・供物等を捧げて行なう宗教的行為、礼拝儀式、供養など。家庭内の毎朝の礼拝から、バラモン司祭を呼んでの盛大な儀式や、一年あるいは何年かに一度の大きな祭まで、さまざまなものがある。

7

ヒマラヤヒメウスバシロチョウ（・・姫薄羽白蝶）parnassius hardwickei チョウ目、アゲハチョウ科、ウスバアゲハ亜科、ウスバシロチョウ属、ヒマラヤウスバ亜属。開張6センチ前後で、ヒマラヤ地域の標高二八〇〇〜五〇〇〇メートルの高地に生息する。

8
サリー sari　幅1・2メートル、長さ5～6メートルの一枚の布を身体に巻きつけて着る女性の衣装。サリーの下には紐付きのペティコート、上半身には身体にぴったりしたチョロ cholo やブラウスをつける。ネパールの成人女性のもっとも一般的な服装だったが、近年動きやすいクルタスルワール kurta suruwal や洋装が広まり、特別のハレの日にしか着なくなっている人が増えている。

9
ルンギ lungi　長さ1・8メートル、幅1メートルほどの木綿布をそのまま、あるいはその両端を縫いあわせて筒状にして腰に巻きつけ、前にひだをたたんでまとう巻きスカート状の腰布。ヒマラヤ山村では女性の普段着として花模様など原色の大きな図柄のものが好まれている。南部タライ地方のインド系住民は、男性もチェック柄などのルンギを普段着、部屋着として着用している。

10
チョロ cholo　ネパールの女性がサリーやルンギの上半身に着る丈の短い上衣。着物のように打ち合わせて左前に着て、両脇と襟元の計四か所を紐でとめる。長袖や七分袖が多く両脇にスリットがある。民族ごとに形や布地の材質は微妙に異なっている。

11 **沙羅 sal** フタバガキ科の落葉広葉樹で、ヒマラヤ南麓やタライ平原に広く分布している。耐水性があり、窓枠などの建築用材や家具材などに利用される。ゴータマ・ブッダ（釈尊）が入滅するとき、その二本の樹（沙羅双樹）の下に横たわり、ときならぬ満開の花びらを降らせた、と伝えられる聖なる樹。

12 **タパラ tapara（葉皿）** 供犠や祭礼、結婚式などの祝い事のときには、とりわけ清浄さが求められるので、この使い捨ての葉皿が使われることが多い。

13 **セルローティ selroti** 米の粉などに砂糖を加え水で軟らかめに溶いたものを、熱した油の中に輪をえがくように流しこんでキツネ色に揚げた、直径一〇～一三センチほどのドーナツ型のローティ。祭などの祝い事の折につくられることが多い。

14 **カシ khasi（去勢山羊）** 食肉用にする牡ヤギはあらかじめ去勢されて育てられる。神々に捧げられる生贄用には去勢されていない牡ヤギ、ボカ boka が使われる。

15 **モモ momo** 小麦粉を水でこねて薄皮状にのばし、刻んだ肉（水牛、ヤギ、豚など使われる肉は民族ごとの食習慣によってさまざま）などを包んで小籠包型、餃子型などに整えて蒸したもの。

16 **ダヒ dahi** ヨーグルト。ミルク dudh を発酵させたものがヨーグルト dahi、それを撹拌して乳脂肪を分離させたバター nauni ghiu を煮詰めて水分をとばしたものがギウ ghiu（ヒンディー語では ghee）。ヨーグルトからバターを分離した残りの液体が乳清 mohi。

17 **シナモン cinnamon（肉桂）** ネパール語では dalchini。クスノキ科の常緑高木。若枝の皮をはいで乾燥した桂皮を香辛料として料理やチヤなどに用いる。

18 **ナラヤニ narayani** カリガンダキ川、トゥリスリ川などを集めたナラヤニ川はインドに出て大ガンダキ great gandaki 川と呼ばれるようになり、ウッタルプラデシュ uttar pradesh 州とビハール bihar 州の境を流れ、パトナ patna 市の北でガンガー本流に合流する。

19 **ガンガー ganga** 本流の源はネパールの西、インドのガルワールヒマラヤのガンゴトリー gangotri 氷河だが、ネパールを流れるその支流もすべてガンガーと呼ばれている。ヒンドゥー神話のガンガー女神はヒマラヤ山の娘で、カイラース山に住むシヴァ神がその額で天上から降下するガンガーの水流を受けとめ、頭髪のあいだから流出させている。

20

シラミ（虱）jumra　シラミ亜目の昆虫のうち人間に寄生するヒトジラミ科には、頭髪や衣服につくヒトジラミと陰毛につくケジラミの二種がある。さらにヒトジラミは形態や住処によりアタマジラミとコロモジラミの二亜種に分類される。いずれも体は扁平で翅はなく、体長は五～六ミリ。衣服の縫い目などにずらりと産みつけられた卵は、鍋で煮立てて煮沸駆除する。陰毛に住みつくケジラミはさらに厄介で、毛を剃ったくらいでは毛根に産みつけられた卵を一掃することはむずかしい。ちなみに南京虫ともよばれるトコジラミ udus はカメムシ目、トコジラミ科の別種の昆虫で、昼間はベッドの木の継ぎ目などに潜んでいて夜になると這いだしてきて人を襲う。刺されたあとの強烈な痒さは我慢して共存できる限度を超えているので、トコジラミに出あったらただちに宿替えしなければならなくなる。トコジラミを持ちこまれてしまった宿では、すべてのベッドを陽のあたる屋外に出して、トコジラミ専用の強力な殺虫剤を灯油に溶かして木部の継ぎ目に噴霧し、徹底的に駆除しなければならない。

第三話　ウシャス――龍神の生贄《いけにえ》にされるはなし

一

雨季前の暑いさかりのある昼下がり。小さなつり橋のたもとの小径を下り、汗まみれになった顔や手を川のつめたい水で洗って、空になっていた水筒を満たした。街道にもどって、木陰の休息所「**チョウタラ**」[1]で川風にあたりながらひと休みする。チョウタラにはインド菩提樹（**ピパル**）[2]とベンガル菩提樹（**バル**）[3]の、二本の大樹がならんで大きな枝を広げ、心地よい木陰をつくっていた。

風にゆれてキラキラ光るインド菩提樹の、葉脈の浮き出た葉裏のすき間からさす木漏れ日を浴びていると、心地よい眠気をもよおしてくる。白い積雲がいくつもうかぶ青空からは、石畳の道や大きく育ったトウモロコシ畑に強い日差しが照りつけている。今日の宿泊地に予定している村までは、急登のつづく三時間あまりの道のりが残っていた。

網目の粗い大きな**竹籠**《ドコ》[4]をチョウタラにおろして、陽焼けした三人の若者が籠の中のキュウリのひとつを鎌で切って、山椒と唐辛子に塩をまぜた粉を擦りこんで食べていた。キュウリといっても、日本でなら種採り用にするような、皮の厚い大きなウリのようなものだ。

「そのキュウリをわしにもひと切れくださらんか？　喉がかわいてたまらないんじゃ」

杖をついたみすぼらしい身なりの、白いひげをのばした裸足の老人が通りかかって若者たちに言った。

「このキュウリは旦那にいわれて町の市場《バザール》まで運ぶ売りものだから、爺さんに食わすわけにはいかないんだ」

立てひざをしてしゃがみ込んでいる若者のひとりが、チョウタラの上から老人を見おろして、種を吐きだしながらそっけなく言った。

「じゃあ仕方がない、自分でつくって食べることにしよう」

老人はわけのわからないことをつぶやいて、杖の先で自分のまわりの地面を掘りはじめた。若者たちが吐きちらしたキュウリの種を拾いあつめて、老人はならした地面に植えていく。

「その水を少しわけてもらえんかな?」

水筒を脇においてチョウタラに腰をおろしていたぼくを見あげて、老人が言った。老人が数滴の水をてのひらに受けて地面にふりかけると、たちまち種子から双葉が生えだし、蔓がのびて葉が生いしげり、やがて黄色い花があちこちに開いて、またたく間に実がなり、大きなキュウリになった。

老人はキュウリをもいで食べはじめ、若者たちやぼくにも気前よくわけてくれる。水分をたっぷり含んだ美味しいキュウリだ。老人は通りかかった人たちも呼びとめ、みんなに振るまっている。チョウタラのまわりににわかにできた畑のキュウリをすっかり食べおわると、老人は腰をあげて大儀そうに杖にすがりながら、足を引きずるようにしてつり橋を渡り、立ちさっていった。

若者たちも出発するために立ちあがり、額にあてる部分が広くなった背負い紐《ナムロ》[5]を、籠の底の部分にかけ渡して担ごうと目をやると、籠の中にあったはずのキュウリがひとつもなくなっている。周囲に広がっていたはずのキュウリ畑はいつの間にか消え失せていた。

老人はまわりにいた人たちの目をくらませておいて、若者たちの竹籠からキュウリを取りだしていたのだった。

二

赤やピンクの花を無数につけたシャクナゲの巨木におおわれて、昼間でも小暗い深い森の中。ぼくは峠越えのけわしい小径をひとり登っていった。

長い厚い葉は有毒で家畜の飼料にならないため、家畜が好む他の植物が淘汰されてシャクナゲだけが生い茂る森がネパールの中部山岳地帯には多く見られる。そして春になると赤、ピンク、白などの満開のシャクナゲで、山々が埋めつくされるのだ。「ラリグラス」とよばれる深紅色のシャクナゲはネパールの国の花。この赤色は国の色とされ、直角三角形をふたつかさねたような独特の形をした国旗にもつかわれている。

おびただしい数の大輪の花々につつまれた異様な光景に酔い痴れながら、街道をそれた細い道についわけ入ってしまったのが失敗だった。行きあう人もない、けもの道のようなたよりない道に迷いこみ、方角もわからなくなってしまった。

毎年のように「神隠し」にあう人がいると村の人たちが言っていた、人通りのめったにない美しすぎる森だった。外国人トレッカーが姿を見せはじめた近年、ときおり発生する行方不明者が消息を絶つのもこのあたりが多かった。地元の人たちもこの森にさしかかるとひとり歩きは避け、道づれを見つけて通りすぎるようにしている。神隠しなど信じないぼくも、ひとりで森に踏みこんでしまったことを悔やみはじめていた。

靴が埋もれるほどに積もった湿った落ち葉を踏みながら、さらに進んでいくと行き止まりになって、幅の広い大きな滝が高い位置から落ち、目の前に簾《すだれ》を掛けたように立ちはだかっていた。二〇メートルあまりもありそうな切りたった崖がそそり立ち、引きかえす道もわからなくなってしまっている。

途方にくれて苔におおわれた倒木の上に腰をおろしていると、背後から足音が聞こえてきた。破れたシャツをまといすり減ったゴム草履をはいて、小さな荷物を背負った若い男が歩いてくるのが木の間越しに見えた。ぼくはホッとして村への道をたずねようとかれを待ちうけた。

「どちらからおいでですか？　道に迷ってしまったのですが、村へ行く道を教えてくれませんか？」

通りすぎようとする男にたずねてみたが、かれはぼくの方をにらんだだけで足もとめず、返事もしないで滝の方へ歩いていってしまう。あっけにとられて見送ったそのとき、男は滝の中に飛びこみ、その姿はかき消えてしまった。

幻覚を見たのだろうかと鳥肌がたったが、進退きわまったぼくは、男がしたように滝の中に身を踊らせていた。一瞬、全身に身を切るようなつめたい水がかかったが、ぼくは滝のむこう側に立っていた。振りむくと薄いカーテンのように落ちる滝が背後にあった。滝の裏側には岩盤をくりぬいた、せまいがしっかりした道がつづいている。

谷に沿って下っている道をたどっていくと、人里が姿を見せた。村の入口らしい水場の前で、ぼくは村人たちにかこまれていた。岩に刻まれた溝から流れ落ちる、湧き水を引いてきているらしい澄んだ水を真ちゅうの水壺《ガグロ》が受け、順番待ちなのだろう、大小の水壺がかたわらにならんでいる。

日本人に似た顔つきの扁平な目鼻立ちをした女もいれば、目が大きく鼻の高いインド風の美人もいる。幼い子どもたちの中には目の青い少年や、そばかすの浮き出たブロンドの少女もいた。以前村の老女から聞かされたことのある「隠れ里」に迷い込んでしまったらしい。

「やあ、着きましたね」

白いひげを生やした、自信にみちた様子の長老格らしい老人があらわれ、ぼくがやって来るのを予期していたような口調で言った。さっきつり橋のたもとのチョウタラで、不思議な術をつかって竹籠の中のキュウリを盗みとり、立ちさっていった老人だった。

「お疲れじゃろう、家にお連れしなさい」

老人の言葉にうなずいている精悍な顔つきの男は、ぼくの問いかけにこたえずに目の前で滝に飛びこんでいった、あの若者だった。

三

谷川に沿ってつづく道の両側にならぶ家々は、ヒマラヤ南麓のどの村にも見られる石造りで、屋根は薄いスレート状の大きな石瓦でおおわれている。しかし川の両岸には切りたった崖がせまり、あたりには一枚の田畑も見あたらない。そして牛や水牛、犬、鶏などの家畜や家禽の姿が見られないのも、これまで目にしてきたこの国の山村風景とはちがっていた。

「さあ、ご遠慮なく、中へお入りなさい」

滝の前で会ったときとはうってかわって若者は親しげな笑顔をむけ、しかし有無を言わせない調子でぼくを一軒の家の中へといざなう。せまくて低い、木の扉のついた戸口をくぐるようにして中に入ると、ひんやりとした薄暗い室内はきれいに塗りあげられた土間で、部屋の中央にはいろりが切られ、まわりには麻糸で織った敷物が敷かれてあった。

「ご心配にはおよびません。わたしが息子をつかって、あなたをここへお呼びしたのです」

老人はいろりをはさんだ向かいにあぐらをかいて座り、おだやかな口調で言った。あのときに、すでにかれに目をつけられていたのかも知れない。

「腹がへっているでしょう。早く食事をお出ししなさい」

と父親に言われて台所があるらしい奥に若者が引っこむと、ほどなく大小の真ちゅうの器に盛られたご馳走が運ばれてきて、いろりの前の土間にならんだ。挽き割豆のスープ（ダル）や白米のごはん（バート）といっしょに出てきたおかず（タルカリ）には、川魚や野鳥の肉、山菜やキノコなどがならんでいる。

主人とふたり差し向かいで手づかみで食べる料理は、どれもほどよくスパイスの効いた美味しいものばかりだったが、栽培された野菜や飼育された家畜がなにひとつふくまれていないことに気づいた。この深い森の中の隠れ里の住人は、狩猟・漁労・採集の民であるらしい。

「この里はたいそう楽しい別天地です。なんのわずらいも不自由もない暮らしを、あなたにさせてあげますよ。ここに来られたからには、もうここから出ていくことなど考えることはなりません」

食後、**ペパーミント**[6]を煎じたものらしい香りのするお茶を勧めながら老人が言った。

善意にあふれているような口調だが、かれらの計画にしたがって拉致・監禁されてしまっているようでもある。日はとっぷり暮れ、聞こえてくるのは川の音と虫の声だけ。明かりといえば小さな皿状の燭台の油に浸した芯にともるランプと、いろりに燃えさかる薪の炎ばかり。西も東もわからない異界から逃げだすこともできないが、食事の中になにかの薬草でも入っていたのか、一滴の酒も飲まされていないはずなのに、ふんわりとした心地よさにつつまれながら、こんなところでのんびり暮らすのも悪くないような気持ちになっていた。

「じつはわたしには娘がひとりおりましてね。さっきお会いになった息子の妹にあたるのですが、あなたとなら似合いの夫婦になると思っています」

老人はぼくの意向をたずねるというのではなく、すでにきまっていることを伝えるような調子で言って、奥にいる娘の名を呼んだ。

二〇歳《はたち》くらいの美しい娘ウシャスが真っ赤な絹のサリーをまとってあらわれてぼくの前に座り、目をふせて合掌した。

四

こうしてぼくはウシャスと結婚し、村で暮らすようになった。彼女は愛くるしい輝くような美人で、気だてもよく心根のやさしい女性だった。

水くみや炊事洗濯、薪あつめ、水車小屋での粉ひきや機織りは女の仕事だった。男たちはウサギやイノシシを獲る罠を仕かけたり、川の淵に投網を投げて魚をとったり、ときにはけわしい崖をよじ登って世界最大の蜜蜂、**ヒマラヤオオミツバチ**[7]の巣をとりに出かけたりもした。

　蜂の巣採りでは採集現場近くにたどり着くのがやっとで、足手まといになるばかりのぼくは二度と連れて行ってもらえなくなってしまった。他の仕事もどれをとっても半人前だが、女の仕事も男の仕事も希望すればなんでもいっしょにやらせてくれた。しかし労働力としてのぼくには誰も期待していないらしく、いつまでたってもなかば客人あつかいのままだった。そして「**婿殿**《ザインサーブ》」[8]と呼ばれてウシャスの家族はもとより、村人たちからも大事にされつづけた。無能力者であることを許容する特別扱いに、ぼくは居心地よく安住してしまっていた。

　ウシャスの兄には、浅黒い肌をしたかれと違って、色白で赤い髪の娘がひとりいるが、妻はいないらしい。ウシャスと兄の父親である老人も、やもめ暮らしだった。村のほかの家にも夫婦らしいカップルはほとんど見られず、子どもたちにはみな片親しかなく、二、三組見つけた夫婦にはなぜか子どもがいないのだった。

　高価なパシュミナ・ショールの材料になる野生の高地山羊の胸毛や、高貴薬や香料として珍重される、オスの**麝香**《じゃこう》**鹿**[9]の下腹部にある袋状の分泌腺から取れる「**ジャコウ**」[10]、さらには昆虫に寄生するキノコ「**冬虫夏草**《とうちゅうかそう》」[11]などを、秘密の通路を通って外の世界へ売りにいき、穀物や豆類、岩塩やスパイス、金属製の食器類など、村でつくれない必需品と交換してくるらしい。

しかし普通の村にあって、ここにはないものがたくさんあった。外の世界からなんでも持ちこんだりしないように、きびしい自主規制を課しているようだが、日々の生活に支障はない。ぼくは豊かで簡素なここの生活が気に入っていた。

「男は肥っているのが見栄えのいいものです。もっと食べて肥りなさい」

というのがウシャスの父親の口癖で、イノシシの脳味噌や舌、キジの睾丸など一頭仕留めても少ししかとれないご馳走が、特別にぼくの食卓に載せられているのだった。酷熱のインドや厳寒のヒマラヤ山麓の旅が長くつづいて痩せやつれていたぼくは、体重ももどって血色もよくなっていった。

数ヶ月が夢のようにすぎ、ウシャスの生理がとまり、妊娠していることがわかったころを境に、彼女は物思いにふけってぼんやりしていることが多くなった。寝床でぼくに背をむけて泣きじゃくっていることもあった。

「なにか心配事でもあるの?」

とたずねても否定するばかりで、なにも話してくれない。

秋の祭の日が近づき、どの家もご馳走の準備にいそがしく村は活気にみちていた。ウシャスが泣いて沈みこむことが以前にもまして多くなっていった。義父《サスラ》や義兄《ジェタン》だけでなく、近所の人たちも気まずそうにぼくを避けているように感じられた。

「なにをきかされても驚かないからわけを話しておくれよ。ぼくたちは夫婦なのだから。子どももうじき生まれてくるというのに、あんまりじゃないか」

この里に足をふみ入れて以来の腑におちないことの連続を思いかえし、ぼくはウシャスをかき抱きながらくり返したずねた。

五

「あなたといっしょに暮らせるのもあと幾日もないのだと思うと、こうして夫婦になったことがかえって悔やまれます」

ウシャスは泣きむせびながら、ぼくの胸に顔を埋《うず》めて言った。

「ぼくはもうじき死ななければならないんだね？」

ある種の覚悟と予感があった。死の恐怖よりも好奇心の方が強かったのが、自分でも不思議だった。無鉄砲で怖いもの知らずの反面、ぼくは捨て鉢で諦めのいいたちでもあった。

「この里にはおそろしい掟があります」

涙ながらにウシャスは語りはじめた。

「あなたも行ったことのある森の中のニルポカリ池に住む龍神《ナーガラージャ》に、毎年いけにえを捧げなければならないのです。今年はこの家がいけにえを出す順番にあたっていました。龍神の助けで森の実りをよくし、疫病の流行や崖崩れなどの災害を防ぐ、というのが表向きの理由ですが、かぎられた広さの森が養いきれなくなるほど人口が増えすぎないように「間引き」する、というのが本当の理由だったようです。そして二〇〇人あまりしかいない閉ざされた村の中で結婚がくり返されて、血が濃くなりすぎて生まれながらに遺伝的な障害を持つ子どもができるのを防ぐために、いつのころからか、いけにえにする人を外部から誘いこんで村の男女と娶《めあわ》せて子どもができた後に殺し、この里の秘密が外部に漏れないようにするようになったのです」

桃源郷のような平和な村で暮らしながらこれまで感じ、膨らみつづけてきていた漠然とした不安や疑問が解消し、妙に納得してしまっているぼくには、恐怖やおぞましさの感覚は希薄だった。

「いけにえは村の連中が殺して、龍神に捧げるのかい?」

自分でも驚くほど平静な気持ちでぼくはたずねた。

「いいえ、生きたまま龍神《ナーガラージャ》に捧げなければならないのです。柩《ひつぎ》に納めて池の中にある小島の寺院に運び、村の人たちはそのまま引きあげてしまいます」

ウシャスは声をひそめ、しかし普段とはちがって凛とした口調でつづけた。

「あなたを龍神《ナーガラージャ》の餌食になどさせません。深夜になったらわたしが救いだして、外の世界に逃がしてあげますから、わたしを信じてみんなの言うとおりにしてください。わたしはこの里に残って、生まれてくる子どもをあなたの形見と思って育てます」

「いっしょに逃げるわけにはいかないの？」

「それはできません。ふたりで逃げたと知ったら、村の人たちはどこまでも追いかけてきてあなたを殺します。この里の人たちには常人《じょうじん》にはない力があるので、あなたを捕まえなくても、遠くから術をかけて呪い殺すことができるのです。それにあなたの目にわたしが美しい魅力的な女に映るのも、あなたがこの里の魔法にかかっているからなのです。ここを出たらわたしは醜く卑しい女に変わってしまうのです。だから外の世界へ行ってもだれにも相手にされず見むきもされないので、無事にこの里にもどって来られるのです。父や兄と外の世界で会っているあなたには、わたしの言っている意味がわかるはずです」

その晩ぼくたちはいつも以上に長い時間をかけて睦みあい、深い契りをかわした。

六

満月の日の朝。家のすぐ下をしぶきをあげて流れるガンガーでぼくは沐浴し、頭髪とひげを剃られた。

英語名「ガンジス」がガンガーの複数形であることからもわかるように、この国を流れる川はすべて、ヒマラヤに源を持つあまたのガンジス川のひとつ、ガンガーなのである。

この日のために縫いあげられた、この国の男性の伝統的な正装であるまっ白な「**ドウラ・スルワール**」[12]に着がえさせられる。両手両足を紐で縛られ、竹で編まれた柩に横たえられ、起きあがれないように全身が柩もろとも縛りつけられていく。儀式を手順どおり間違えないように進めていく荘重さが感じられるが、数か月のあいだ家族として暮らしたウシャスの父や兄はもとより、作業を手伝っている村人たちも気まずそうな表情をかくすように、ぼくと目があうことを避けてうつむいている。

少し離れた場所で女たちに両脇から抱きとめられ、声をあげて泣いているウシャスは、「わたしを信じて」と訴えるような強いまなざしをときおりぼくに向けていた。

悲劇の主人公であるはずのぼくは、運命の成りゆきにすっかり身を委ねきっていて、ほかの誰よりも冷静に、目を輝かせて異文化の風習を観察している人類学者みたいに儀式の一部始終を眺めていられるのが不思議だった。これもぼくにかけられている魔法のせいなのかも知れない。

　バナナの長い葉を四隅に突きたてた中の、色粉をまぶして描かれた砂曼陀羅の上に、竹の柩に縛られ横たわっているぼくは運ばれていった。つむじに一房の長い髪を残して頭を剃りあげた僧侶が、木の皮に刷りこまれた横長の経文を繰りながら真言《マントラ》をとなえ、**ヨモギ**[13]の葉でぬらした水滴や、七色の布切れ、花びらなどをぼくに振りかけていく。この僧侶は普段は冗談好きの気さくな男だったが、今日は気まじめに儀式をとり仕切っている。

　二本の青竹で担架のように作られた駕篭にのせられ、四人の男にかつがれたぼくを先頭に、経文の刷りこまれた色とりどりの幟旗を手にした村人たちがあとにつづく。葬列のようでもあるが、華やかな祭の行列だった。

　龍神の棲むニルポカリ池の、空の色や周辺の森の色を映しているせいだけでは説明できない深い藍色をした神秘的な湖面が、森の中に姿をみせた。

　丸太をくりぬいて作ったカヌーのような小舟に乗せられ、ぼくはまわりをとりまく七艘の小舟に警護されるようにして、湖上の小島に渡った。小さな祠の建つ湖岸の**石段**《ガート》[14]に、柩に縛られたままのぼくを横たえ、人びとは湖底に棲む龍神にむかって祈りを捧げると、日没前にぼくひとりを残してもどっていった。

長い夜がはじまった。森陰から大きな月がのぼり、湖面をあかるく照らしている。対岸の森からは、**ジャッカル**[15]の遠吠えが切れめなくきこえている。何時間かがすぎ、月の位置がだいぶ高くなったころ、一艘の小舟が音もなく姿をみせた。

ガートの脇の杭に小舟をつなぎとめて、ウシャスがぼくを縛りつけている綱をほどく。ぼくたちは舟に積まれている重い布包みをかつぎ出した。包みの中身は罠を使って仕留めたイノシシの、皮をはいだ死体だった。

「月が中天にのぼる時間に、龍神《ナーガラージャ》はあらわれると言われています。いそぎましょう」

ウシャスが小声で言った。

七

ドウラ・スルワールを脱がされ、この村に来たとき着ていたTシャツとジーンズに着がえる。

着ていたドウラ・スルワールをイノシシの死体に着せかけ、ぼくがされていたように柩に納めて紐で縛りつける。

「龍神《ナーガラージャ》に食べられた跡には、衣服や紐、籠などの切れはしや、地面に落ちたわずかの血しか残らないから、こうしておけば村の人たちは龍神がいけにえのあなたを食べていったと思うわ」

ぼくたちは小舟を出していそいで岸をめざす。島の姿が小さくなり対岸に近づいたころ、にわかに雲が広がり月がかくれて、あたりはまっ暗になった。はげしい雨が降りだし、雷鳴がとどろき、小島の方角に稲光がはしった。そして岸に漕ぎよせたときには雨もやみ、ふたたび大きな月に照らされていた。

「龍神《ナーガラージャ》がいけにえを食べて、満足して湖底に帰っていったんだわ」

ウシャスはホッとした様子で言い、ぼくたちは村とは反対方向の森の中の小径を、月あかりをたよりに歩いていった。ほどなく見はらしのいい場所にでた。黒ぐろと木々におおわれた山々が、幾重にも広がっている。

「ここでお別れよ。わたしは夜があける前に、家にもどっていなければならないの」

ぼくたちは月あかりに光る雨にぬれた草の上に横たわり、膨らみが目立つようになっているウシャスの腹の子どもを押しつぶさないように注意しながら、最後の契りをかわした。とじていた目をあけて、月の位置をはかるように遠くに目をむけていたウシャスは、名残おしさをふりはらうように立ちあがって、ぼくの目をみつめながら言った。

「この里のこと、ここで見聞きしたことは、けっして人に話さないと約束してね。ここにもどって来ようなんて考えないということも」

さっきまで歓喜の声を漏らしていた彼女とはうって変わって、さとすような、かんでふくめるような調子でウシャスはつづけた。

「この尾根のいちばん高いところを外れないように東へ進んでいくと、三つめの丘に小さな祠が建っています。あなたにわかるように目印をおいておいたから、あなたが逃げだしたことを村の人にさとられないように、かならずそれを持って、その祠の裏にまわって、右手の方角につづく谷へ下っていく道を行くのよ。わたしたちが外の世界へ出るときに使っている道だから迷う心配はないわ。夜が明ける前には、あなたにも見おぼえのある街道に出られるはずよ」

日本から持ってきた皺くちゃになったハンカチをジーンズのポケットに見つけて、ぼくはウシャスに手渡した。

「思い出になるものを何かあげたいんだけど、こんなものしかなくて…」

「ありがとう。嬉しいわ」

ウシャスはほほ笑んでその汗くさいハンカチで涙をぬぐうと、ぼくの顔じゅうにキスの雨を降らせ、うしろを振りかえることなく来た道を足早に引きかえしていった。

八

本だって読めてしまいそうな満月のあかるい光をたよりに、かすかに草がはげているだけでそれとわかる尾根道を歩きつづける。うっそうとした森におおわれた三つめの丘に小さな石の祠があり、その中に蓮の花の上に立つ吉祥天「**ラクシュミー**[16]」の石像が祀られてあった。左手に蓮の花を持つラクシュミーの右手には、ウシャスに渡したはずのぼくのハンカチが握られている。

石像から抜きとったハンカチは皺ひとつなく、**白檀**[17]と**茉莉花**《ジャスミン》[18]をまぜたようなウシャスの匂いがした。ハンカチをポケットにねじ込んで、祠の裏に見つけた小径を下っていった。

長かった夜が明けて、東の空が白々と明るみはじめる。

「ウシャス」とは、インド神話で「夜明け、暁《あかつき》」を神格化した女神の名であることを思い出した。藪が深くなって道を見つけにくくなった個所をとおりすぎると、小さな川にかかる見おぼえのあるつり橋が姿をみせた。橋を渡ってウシャスの父親とはじめて会ったチョウタラに腰をおろしたころには、大きな太陽がのぼり、朝霧に煙るあたりを紅くそめていた。

インド菩提樹の下に横になり、ぼくは深い眠りに吸いこまれていった。目をさますと、昼下がりのつよい日ざしが照りつけていた。

アンナプルナ・ヒマラヤの最南部にそびえる名峰**マチャプチャレ**[19]の、その名のとおり「魚《マチャ》」の「尻っぽ《プチャル》」のように二股にわかれた雪におおわれた山頂が、段々畑の広がる緑の山々の連なりのあいだから姿を見せていた。

ごつごつした岩がむき出しになったチョウタラの前の道には、ひからびたキュウリの種子が散らばり、ポケットのハンカチからはウシャスの匂いが消え、皺だらけの汗くさいハンカチにもどっていた。

（第三話　完）

註

1 **チョウタラ chautara**　四周を石でかこって長方形の壇をつくり、旅人たちが荷物をおろして座ったり休んだりできるようになっている休息所。インド菩提樹（ピパル）とベンガル菩提樹（バル）が「夫婦の木」として対になって植えられているものが多い。インド菩提樹は女性、ベンガル菩提樹は男性と考えられていて、チョウタラが完成すると二本の木の結婚式の儀式《プージャ》が執り行なわれる。街道にある多くのチョウタラは、個人が私財を投じて建造したもので、チョウタラをつくることは、湧水を引いて路傍に水場 dhara をつくることや、水牛が水浴びするための池 pokhari を掘ることなどと同様、宗教上の功徳 punya を積む行為と考えられている。

2 **ピパル pipal（インド菩提樹）**　クワ科、イチジク属の常緑高木。ヒマラヤ南麓からインド全域に広く分布している。二五〇〇年あまり前に、ゴータマ・ブッダ（釈尊）が成道の聖地、いまのインド・ビハール州のブッダガヤーにあるこの木の下でさとり（菩提）を開いたことからこの名がある。日本で菩提樹とよばれている木は、中国原産のシナノキ科、シナノキ属の落葉高木で、臨済宗を日本に伝えた栄西（一一四一～一二一五）が中国から持ち帰ったといわれている。ヨーロッパでいう菩提樹 linden tree もそれと同属のセイヨウシナノキ。

3 **バル bal（ベンガル菩提樹）** インド菩提樹とおなじくクワ科、イチジク属で、ヒマラヤ南麓からインド全域に分布。バンヤン樹、榕樹ともよばれる。寄生木《やどりぎ》をつけて気根を垂らし、それが地面に達すると支柱根になって一株で林をつくってしまう。インド・西ベンガル州のコルカタの植物園には、周囲三〇〇メートルもある世界最大のベンガル菩提樹がある。さとりを開いた覚者《ブッダ》は七日間インド菩提樹の根元で瞑想にふけった後に三昧《サマーディ》を中断してベンガル菩提樹の根元に移り、さらに七日間の瞑想を続けた、と仏典は伝えている。

4 **ドコ doko（竹籠）** 荷物運搬のほか、ジャガイモやタマネギ、トウモロコシなどの食物を入れておいたり、籠を伏せて鶏や雛を閉じ込めたりと、ドコは山村の生活には欠かせない必需品。

5 **ナムロ namlo（背負い紐）** 山地のネパール人は竹籠《ドコ》を担ぐとき以外にも、薪でも藁でもポリタンクの水でも大きな家具でも、なんでもナムロを使って額で支えて背中に担いでしまう。ナムロを使わないときでも、赤ん坊をおぶう母親も、教科書の入った布のバッグを持って通学する子どもたちも、額で支えて背中に担ぐ運び方をすることが多い。

6 **ペパーミント pepper mint** 和名はセイヨウハッカ。ネパール語ではpudina。シソ科、ハッカ属の多年草。長円形の葉は香りが高く、アチャール（漬物）などの味付けに使われるほか、健胃薬・清涼剤としても用いられる。

7

ヒマラヤオオミツバチ（・・大蜜蜂） ban mauri　ミツバチ科、ミツバチ属。ヒマラヤの山岳地帯に生息する体長三センチほどの世界最大の野生の蜜蜂。下にいる人たちが火を焚いて巣を煙でいぶして蜂をおとなしくさせ、縄梯子を使って崖の上から下ってくるリーダーに鎌の付いた長い竿や籠などを渡す。リーダーはその鎌で巣を切り落として籠に受け、下にいる仲間たちに向かって下ろして手渡す。数人のグループによる共同作業で巨大な巣の採集は行なわれる。

8

ザインサーブ jwain saheb　「ザイン」は「婿」。妻の父母、オジオバ、兄姉など、妻の実家の目上の人からの呼称。「サーブ」は敬意を込めた呼びかけ。

9

麝香鹿 kasturi mriga　体高五〇～六〇センチ、体重一〇～一五キロのシカ科の動物。体毛は暗褐色の密な剛毛で、前肢よりも後肢が長くがっしりしている。角はなく、牡の上顎の犬歯は鋭く牙状に発達している。耳は長く尻尾は短い。海抜二五〇〇～五〇〇〇メートルのヒマラヤ高地に生息している。

10
ジャコウ（麝香） bina　麝香鹿の牡のへその付近にある袋状の分泌腺、ジャコウ腺からとれる分泌物を乾燥してつくられる高級な香料。鎮痛剤、興奮剤としても珍重されてきた。一九七五年に発効したワシントン条約で、現在は国際取引が禁止されている。

11
冬虫夏草 yarsagumba　土中の昆虫類に寄生した菌糸から地上に子実体をつくる子囊菌類のキノコ。セミタケ、オサムシタケ、サナギタケなど。食用、薬用として珍重される。

12
ドウラ・スルワール daura suruwal　ドウラは腰をすっかりおおうほどの丈で、前の深いダブルの打ち合わせの四か所、襟元および脇下のそれぞれ左右を紐で結んで着る上衣。同じ布地が使われるスルワールは腰まわりをゆったり仕立てた先の細いズボン。色は白のほか、灰色、ベージュ、アイボリーなど無地のものが多い。トピー（縁なし帽）と併せてネパール人男性の正装や普段着として広く用いられていたが、近年急速にすたれてきている。

13
ヨモギ（蓬） tite pati　キク科の多年草。葉は羽状に裂け、裏面に白い綿毛がある。特有の強い香りのある葉は薬用。日本では若葉は草餅、葉裏の綿毛がもぐさの材料になる。

14 **ガート ghat** ガンガーの川岸や湖岸などに沐浴用につくられた場所。桟橋、船着き場、渡し場、火葬場など。

15 **ジャッカル syal** イヌ科の哺乳動物。ネパールにいるジャッカルは golden jackal という種類で、タライ平原の低地から海抜四〇〇〇メートルまで、広く分布している。体長六〇～七五センチ、体重は七～一五キロ。全身は黄褐色で黒い毛が混ざり、口や喉、目のまわり、腹は白い。日本語で「狐の嫁入り」といわれる太陽が出ているときの雨のことを、ネパール語では「ジャッカルの結婚式」という。

16 **ラクシュミー laksmi（吉祥天）** 吉祥・幸運・豊穣・富・美の女神。ヴィシュヌ神の妃神。水に浮かぶ蓮華上に座し、左右から象によって灌水される図像で表現されることが多く、手には蓮華・アムリタ amrit（不老不死の甘露）の瓶・ベル bel の木の実・ホラ貝などを持つ。秋の収穫祭、光の祭ティハールでは花輪や電飾、灯明で飾って、ラクシュミー女神が迎え入れられる。

17

白檀 sandalwood　ネパール語ではsrikhanda、ヒンディー語ではchandan。ビャクダン科の半寄生性の常緑高木で、他の植物の根に寄生する。芯材は白・赤・暗赤褐色あるいは明るい黄褐色で甘い芳香がある。白檀から精油が取れ、香水や線香がこの木からつくられる。材の香気には永続性があり、家庭用の日用品、細工物の装飾品がつくられる。ネパールではゴルカ地方に生育するが、主産地は南インドのマイソール地方。

18

ジャスミン jasmine（茉莉花《まつりか》）　ネパール語ではchameli。モクセイ科、ソケイ属のつる性の木で、白または黄色の芳香性の小花をつける。花からは香料の原料、ジャスミン油がとれる。ネパール・インドでは神にささげる献花として重要で、とりわけヴィシュヌ神の妃神ラクシュミーが非常に好むといわれる。

19

マチャプチャレ machapucchre　標高六九九三メートル。一九五七年、英国隊が事実上の初登頂（宗教上の理由で山頂は踏まずに、頂上直下五〇メートルの地点で引き返したという）。

第四話　カルパナ——羅刹《らせつ》女の妖術をまぬがれるはなし

一

トウモロコシや**シコクビエ**[1]の段々畑がはるか山の上までつづいている道ぞいに農家の点在する村々を抜けたころには強い日差しを浴びて汗まみれだったが、海抜三〇〇〇メートル近いここまで登ってくると汗にぬれたシャツがつめたく肌にはりついて寒いくらいだ。小暗い森を埋めつくすほどに赤やピンクの大輪の花をつけていたシャクナゲも、高度をあげるにつれてまだかたい蕾にかわってきた。

急峻な山道を登りつめた峠に小さな茶店があった。数日前に歩きはじめた盆地の町ポカラからは遠くに見えていた、七、八〇〇〇メートル級のヒマラヤの峰々が木の間越しの思いがけない近さにせまっている。

茶店の前のチョウタラで水牛のミルクをたっぷり入れて煮たてた甘い紅茶《チヤ》を飲んでいると、長い髪を頭の上にまるめてちょん髷《まげ》のようにした、下帯をつけただけの青い目をした色黒の行者《サドゥ》が近づいてきて、自分の腹のあたりを手でさし示して仕草で空腹をうったえ、

「わしにもチャエを飲ませてくれんかね」

とヒンディー語で言った。

目の前にそびえているヒマラヤの峰々の裏側にあるヒンドゥー教の聖地、**ムクティナート**[2]まで行くのだという。

アンナプルナとダウラギリという、ふたつの八〇〇〇メートル峰にはさまれてやや遠くに小さく見えている**ニルギリ峰**[3]の北側、海抜三八〇〇メートルあまりのところに、ネパール全土はもとよりインドからも参詣者が訪れるムクティナートはある。この峠からは徒歩で五日ほどの距離で、この街道はその巡礼の道でもあるのだ。

行者の持ちものは薄い毛布とひょうたんの水筒、それに小さな布のバッグだけだ。かれの分のお茶《チヤ》と、米粉をドーナッツ状に揚げた「セルローティ」を注文する。行者はセルローティをちぎってチヤに浸して食べながら、ぼくの顔をまじまじと見つめて、

「あんたには女難の相が出とるぞ。女の誘惑には気をつけなさいよ」

と言った。

あぶった水牛の**干し肉**《スクティ》[4]を肴に、人肌にお燗したシコクビエの**焼酎**《ラクシー》[5]をとなりで飲んでいた顔の長い裸足の男が、

「やつはおれにもさっき同じことを言っていたよ。乞食行者はいいかげんなことを言って気をひいては、食い物をねだるのさ。女の誘惑だなんて、あってみたいもんだよ」

と笑いながらぼくに耳うちした。かたわらの石積みのチョウタラには、竹籠《ドコ》に入った大きな荷物がおかれている。ぼくが今夜の宿泊地に予定しているガンドルン村に一軒だけある商店に、ポカラの町で仕入れてきた雑貨品を届けるのだという。

「チレム」とよばれる大きな素焼きのパイプに捏ねた**大麻**《ガンジャ》[6]を詰め、行者が火をつけて深く吸いこみ、白い煙を大量に吐き出す。そして吸い終わったチレムを逆さにして左のてのひらで受け、落ちた灰を右手の親指でぼくのひたいになすりつけながら、

「**カイラース山**[7]の主（**シヴァ神**[8]の別名）よ！　この異国の若者にご加護を垂れたまえ」

と念じてくれた。

カイラース山はネパール北西端の北方、中国領チベット自治区に実在するヒマラヤの峰だが、ヒンドゥー神話では破壊神シヴァの住居とされ、聖なる山と崇められている。シヴァ神は大麻に酔い痴れ忘我の状態を楽しむ神で、大麻は「シヴァ神の草《ブティ》」とよばれている。

北側の谷へと下っていく行者と合掌してわかれ、ぼくは東へつづく尾根づたいにガンドルン村へ向かった。焼酎を飲んでいた荷運びの男とは同じ方向だが、歩きなれた山のネパール人とはペースがあわないので、ひと足さきに出発することにした。

行きあう人はめったにいないが、森の中の道は尾根の上にしっかりとつづいている。上り下り

をくり返しながらしだいに高度をさげ、足元にはシダ植物などの下草が密になってきている。日が西にかたむいていくにつれて雲が広がり低くたれこめてきて、いつの間にか濃い霧の中に入っていた。日没がせまっているのかと錯覚させるほどあたりは暗くなってきて、こまかい雨も降りはじめている。

雨にぬれて滑りやすい石段道やぬかるみに足をとられながら一時間ほどすすんだころ、峠で会った荷運びの男に追いつかれた。雨はいちだんとはげしくなっている。竹籠の中の商品をぬらさないように、大きなビニールシートをすっぽりかぶって先を急ぐかれとはほとんど言葉を交わすこともなく、しばらくはあとを追って歩みを速めたが、しだいに引き離されて男の姿が遠のいていった。

二

小さな渓流に沿った石畳の道を下っていくと、その先の道いちめんに大量の水が流れこんでいて川のようになっている。すでに靴の中までぬれてしまっているのでかまわず進むと、水位はくるぶしからふくらはぎへとしだいに深くなって、流れのはやさも尋常ではなくなってきた。大きな岩の手前で崖を上っていく小径が分岐しているのを見つけたぼくは、この枝道をたどるべきか、本道と思われる川の中を進むべきか迷った。

見あげると先を歩いている荷運びの男の背負い籠をおおっている黄色いシートが、森のやや高い位置を木の間ごしによぎるのが一瞬見えた。このあたりの道に精通しているはずの、地元の人のあとを追えば間違いないだろう。この枝道はやがて本道にもどる近道か迂回路なのかもしれない。

けわしい細道をよじ登っていった。これまでの道とはうって変わって心細い小径になり、歩く人もめったにいないのか、両側から深い藪がおおいかぶさってきて視界もほとんどきかなくなってきた。歩きなれたかれに追いつくことはむずかしいが、足元には踏まれたばかりの指の開いたたくましい裸足の足跡がぬかるみにはっきりとつづいているので心強い。

せまい道のまん中に、あざやかな草緑色をした長さ五〇センチほどの毒蛇**アオハブ**[9]がとぐろを巻いて赤い舌をちろちろのぞかせている。目をあわせないようにそっと脇にある岩に登って迂回して通りすぎようとしたが、傾斜したぬれた岩に足をすべらせて茂みの中に転げおちてしまった。

蛇のいる方へ転落しなくてよかったと安堵する間もなく、顔面や両腕にしびれるような激しい痛みがはしる。葉や茎一面にびっしり細かい棘のある、**イラクサ**[10]の茂みだったのだ。イラクサは放し飼いされている家畜も嫌って食べないので、標高が下がってくると道端のいたるところに生い茂っている。一度痛い目にあってからは注意しながら歩くようにしていたのだが…。

イラクサに触れると棘に含まれている蟻酸の作用で激しい痛みが生じる。赤く腫れあがってきた手や顔に近くに生えていたヨモギをむしり取ってすりこみ、

「イラクサ枯れよ、ヨモギよ生えよ！」

とうろ覚えの呪文をくりかえしながらヨモギの葉をこすりつけていると、痛みはしだいに治まってきた。

悪さをした幼児を母親が折檻《せっかん》するときに、薪や炭をつかむ火挟みにはさんだイラクサで尻をたたき、泣きさけぶ子どもは恐怖におののいて沈黙してしまう光景を目にしたことがあった。泣く子も黙るイラクサだが、さほどの実害はないのだとそのとき子どもの母親が言っていたのを思い出した。ヨモギを擦りこみながらとなえる呪文を教わったのもこのときのこと。イラクサにふれてしまって付近を見まわすと、特効薬のヨモギがすぐに見つかるのもいつものことながら不思議なことだ。

高度が下がってきているのか、霧雨の降りつづく森全体がむっとするような湿気と生温かさにつつまれている。頭上の木の枝から、肩にぽたりとなにかが落ちてきた。払い落とそうとして肩に手をやると、ヌルッとしたつめたい感触があった。

指先に吸いついてぶらさがっているのは、栗色に黄褐色の縦縞のある長さ三センチほどの**山蛭**《ズカ》[11]だった。ひとたび食いつかれたら、ふり払ったくらいではなかなか落ちない。血を吸った山蛭は見るみるうちに長くふくらみ、小さなウインナソーセージみたいになってポトリと落ち、その跡からまっ赤な血がしたたり落ちた。血液の凝固をさまたげる分泌液を出すので、咬まれたあとしばらくは出血が止まらなくなる。頸筋にもべっとりと血がついていた。すでに別の山蛭に食いつかれて、血を吸われていたのだ。

石の上に腰をおろして靴を脱いでみると、ぬれた靴下も赤く染まっていた。足の指のあいだにも、血を吸ってふくらんだ山蛭がはさまっていた。気がつくと、ぬれた落ち葉のあいだから数えきれない数の山蛭が、尺取り虫のような動きでぼくにむかってうごめいている。

一度血を吸うと半年以上なにもいらないというから、ひさしぶりに獲物を見つけてかれらも必死なのだろう。無理に引きはがそうとすると頭だけ千切れて皮膚の中に残り、雑菌が入って化膿してえらい目にあう。咬まれたときは痛くもかゆくもないので気づかないことが多く、満腹すれば自分で落ちるから放っておけばいいようなものだが、山蛭の森を通りぬけるころには、人も家畜も血まみれにされてしまうのがいかにもおぞましい。

三

雨はやんで、木漏れ日がまぶしいほどにさしはじめていた。あれほど猛威をふるっていた山蛭たちも、陽にあたって地面が乾いてきたら嘘のように姿を消してしまっている。

深い森をぬけて崖をまわり込んだところで、「ヒヒーン!」と一声かん高い馬のいななきが聞こえてきた。人里も遠くない、と泥まみれ汗まみれ、そして血まみれのぼくは期待に胸をふくらませて足をはやめた。峠の茶屋から歩きだして三時間あまりしか経っていないのに、人と出会えることのなんと嬉しいことか。

えぐれた崖に抱きかかえられるようにして、土壁草葺きの粗末な小屋が一軒、屋根の草を燻すように煙を立ちのぼらせていた。

「こんにちは」

と声をかけると、

「どなた？」

という声がして、裏手からあらわれたのは細おもての美しい女だった。

えび茶色の、ネパール語でいうなら肝臓《カレジ》色のベルベット地の上衣《チョロ》の下に、洗いざらしの木綿の腰巻《ルンギ》を巻きつけ、長い髪を後ろで束ねている。

「姉さん、ガンドルンまではあとどのくらいの距離でしょうか？　村までたどり着けなくても、途中に泊まれるところはありますか？」

初対面の見知らぬ人でも、年上の女性を「姉さん《ディディ》」と呼びかけるこの国の習慣にしたがってたずねると、

「まだ二**コス**[12]ほどもありますから、二時間ちかくは歩かなくてはなりませんよ。ガンドルン村に着くまでは一軒の家もありませんし…」

とにべもない返事。人間に、しかも美しい女性にようやく出会ってすっかり安心してしまったぼくに、これ以上歩く元気は残っていない。

「納屋の隅でもこの軒先でもいいですから、ひと晩泊めてもらうわけにはいきませんか？　姉さん。寝袋を持っていますから、雨露をしのげる場所さえあればいいんです。雨に打たれ、山蛭に

血を吸われて疲れきってしまっているんです」

言葉に嘘はないが、ぼくはあわれっぽく懇願するような調子で言った。頸をかしげて値ぶみするようにしばらくぼくを見つめて、

「こんな苫屋《とまや》でなんのおもてなしもできませんが、どうぞお入りなさい、弟」

と言って女は薄暗い屋内に招きいれてくれた。「姉さん《ディディ》」と年下の男から呼びかけられた女性は、「弟《バイ》」と呼びかえすことになる。

きれいに塗りあげられた土間の床の中央にいろりが切られ、その脇に稲藁のむしろが敷かれている。ザックをおろして泥まみれの靴と靴下をぬいでゴム草履にはきかえ、

「近くに手足や顔を洗える水場はありませんか？　姉さん。こんなに泥だらけになってしまっているんです」

とたずねると、

「裏の崖を下ったところに、水のきれいな池があります。わたしもお米を研ぎにいきますから、案内しましょう。何もありませんが、夕飯の支度をしますね」

と女はにっこり笑ってこたえた。タオルや石けん、空になっている水筒などをザックから取りだして用意をすませると、ひたいに紐をかけて竹籠《ドコ》を背負った彼女が待ってくれていた。銅製の

水壺や飯炊き用の釜、布袋に入った米などが竹籠に入っている。

裏木戸をあけるとそこには馬小屋があり、先ほど耳にしたいななきの主だろうか、貧弱な馬が一頭、二本の前脚を上げて羽目板に蹄をあててたたき、暴れている。

「なにを興奮しているの？　お客さんが見えているんだから静かになさい」

女がのびあがって馬の鼻面をやさしくなで、幼児をなだめるように話しかけると、馬は彼女の顔に頬をすりよせるようにして甘えかかり、たちどころに静かになった。

稲藁をきざんだものにトウモロコシ粒をまぜて、屈みこんで飼い葉を作っていた老人が顔をあげ、

「どこへ行くんだい？　カルパナ」

と女に言った。

「お客さんを崖下の池まで案内しようと思ってね。お祖父《バジェ》さん」

とカルパナという名のその女がこたえると、老人はぼくの目を覗き込むようにして、

「孫娘《ナティニ》に見とれて池に落ちて溺れてしまわんようにね、お客人」

と言って笑った。

四

ぼくは老人の視線を背後に感じながら、ルンギの裾をつまみ上げて急峻な崖道を身軽に下っていくカルパナのあとを追った。

道端の草むらからヒキガエルがはい出してきて、ぴょんと跳ねて彼女のルンギに飛びついた。

「いやだ。踏みつぶすところだったじゃないの」

カルパナはいやがる様子もなく、腿のあたりにはりついている蛙をやさしくつまみあげると、そっと草むらにもどした。

うっそうと草木の茂るジャングルの緑の中に、インクを流したような神秘的な群青色の水をたたえる、小さな池があらわれた。岸辺の石の上に腰をおろして、両手ですくってみる。水そのものは無色透明にすみきっていた。すぐ近くの水辺の岩の上に大きな白鷺が舞いおり、一本足で立ってぼくたちふたりをじっと見つめている。

ぼくはシャツの袖をまくりあげ、かがみこんで頭に水をかけ、石けんをなすりつけて洗いはじめた。米を研ぎおえたカルパナが少し離れたところからその様子を見て、

「あらあら、そんなお行儀のいいことしてないで、裸になって水浴びしたらいいのに。服がぬれて

しまっているじゃないの」

と言いながら近づいてきた。ぼくは一瞬躊躇したが言われるままにジーンズとシャツを脱ぎすて、パンツだけになってつめたい水の中に足を入れてみた。

「まあ、背中いちめんに血がこびりついていますよ。洗ってあげるからそこにお座んなさい」

と言って水際の石の上にしゃがませ、石けんをつけたぼくのタオルで背中をこすろうとしたが、

「山蛭の咬み跡がいっぱい。こんなものでこすったら傷口が開いてしまうわ」

と言いながらカルパナは石けんを素手につけて柔らかくさすってくれる。愛撫するように動く絹のような感触の温かい手は、背中や肩ばかりでなくわき腹や尻の方にまで伸びてきて、はずむ息づかいが背後に聞こえていた。

「こんなところに山蛭の頭が食いこんで残っているわ。吸い出しておかないとあとで腫れてくるのよ。ちょっと動かないで」

カルパナはいきなりぼくの首筋に唇をあてて強く吸った。背中にはチョロを通して弾力のある温かい乳房が押しつけられ、恍惚として気が遠くなりそうになったが、なぜか峠で会ったインド人行者《サドゥ》の青い目が思い出されて、かろうじてわれに返った。カルパナは何事もなかったように脇に唾をはき出し、

「大丈夫、うまく取れたわ」

と言って立ちあがった。

「汗をかいてしまったわ。わたしも水浴びさせてもらお」

振りかえって見ると、いつの間にかチョロもルンギも脱ぎすてて一糸まとわぬ姿になっているカルパナが、水の中へ入っていった。服の上からは細身に見えたが、白く張りのある腰や胸は驚くほど豊満で、水をはじいて夕暮れどきの赤味を帯びた陽にかがやいていた。

そこへ池畔にそびえるベンガル菩提樹の気根を伝ってするすると降りてきたのは、まっ黒な顔で銀灰色の毛におおわれ、腹のあたりはクリーム色をした、尻っぽの長い大きな猿、体長七〇センチ以上もありそうな**ハヌマン・ラングール**[13]だった。

猿は池からあがった裸のカルパナの背中にひょいと飛びついておぶさるように抱きつくと、ぼくの方を振りむいて歯を剥きキッキッと威嚇するように鳴きたてる。

「きゃっ、やめてよ。身体を洗ったばかりなのに。お客さんの前で恥ずかしいじゃないの」

とカルパナが言いながら、背負ってあやすように尻をゆすって振りほどくと、猿はベンガル菩提樹の茂みから下がっている気根を伝って枝葉の中に消えていった。厚い大きな葉がゆれ、見上げると何匹ものハヌマン・ラングールの群れがたわむれていた。

恥ずかしいのは裸でぼくの前にいることよりも、動物たちがみな彼女になついていることの方らしかった。カルパナはすべての生きものたちに慕われる森の女王のようでもあり、天真爛漫な少女のようでもあった。家へもどる登り道で、大きな褐色の翼を広げたコウモリが飛んできて、カルパナの背負う竹籠の網目に鋭い爪を引っかけて逆さにぶら下がってしまっても、ぼくはもう驚かなかった。

五

小屋の裏木戸の前で、カルパナが「お祖父《バジェ》さん」と呼んでいた老人に行きあった。左右に振り分けた麻袋の荷を背負った馬を引いている。

「ほう、無事にお帰りだね」

老人が目を見張るような表情をうかべて言った。ガンドルン村で週末ごとに開かれる明日の朝市に露店を出すために、これから出かけるのだという。麻袋にはどこから仕入れてきたのか、懐中電灯や電池、ゴム草履、ポリタンク、アルミ製の皿ややかんなどの雑貨品がつめ込まれている。

「その役たたずの暴れ馬も、ついでに売りはらってきてよ、お祖父さん」

とカルパナが言った。

老人が馬に鞭をあてて歩かせようとするが、後ずさりして抵抗し、前へ進もうとしない。

「しょうがないわねえ」

カルパナは馬に近づくと、背のびするように爪先立って伸びあがり、馬の鼻づらの正面にすっくと立って口を結び、見おろすようにしてにらみつける。さっきまでぼくに向けてくれていた、優しい打ちとけた様子はすっかり消えていた。

生ぬるい風が吹き、馬が突っぱっていた前脚をゆるめて身ぶるいし、鼻づらを地面につける。カルパナは馬のあごの下に手をかけて仰向けに身をひるがえし、馬の前脚の間を抜けて下腹をくぐりぬけたかと思うと、気がついたときにはもう馬の脇に立っていた。そしてたてがみを軽くたたくようになでると、

「世話をやかせないの」

と耳元でやさしくささやく。老人が手綱を引くと馬はおとなしく歩きだし、呆然と立ちつくすぼくの視界から消えていった。

なにごともなかったように、カルパナはかまどの前で夕餉の仕度をはじめている。

夕食には保存食材を使った香辛料たっぷりの、質素だが美味しい家庭料理がならんだ。挽き割豆のスープとごはんとおかず「ダル・バート・タルカリ」、それに少量の漬物《アチャール》、というのがこの国の食事の定番セットだが、ダルの代わりに「**グンドゥルック**」[14]とよばれる発酵乾燥野菜と、黒大豆のスープ。おかず《タルカリ》には「**モショウラ**」[15]というガンモドキのような豆ボールを、見たこともないキノコといっしょに炒めたもの。そしてニガウリの油漬《アチャール》は、炒ってすりつぶした大麻の実であえたものだった。どれも宿や食堂の定食《ダルバート》ではお目にかかれない家庭料理だ。

いろり端の稲藁のむしろに手織りの絨毯を敷いた上にあぐらをかいて座り、真ちゅう製の平皿と椀に盛られた料理が土間の床にならべられる。食堂でも家庭でも、手づかみでお代りをかさねて食べるのが作法だから、カルパナはぼくひとりのためにそばに座って給仕してくれている。あかりは彼女の背後にある棚にのっている小さなランプだけだ。インク瓶の蓋に穴をあけて紐を通して芯にした、廃物利用の灯油ランプだ。

「今日ぼくが来る前に、大きな竹籠《ドコ》の荷を背負った男が通りませんでしたか?」

と食事をしながらたずねてみた。カルパナはかすかにほほ笑んだように見えたが、すぐに真顔になって、

「気づかなかったわ」

と興味なさそうに短くこたえ、取りつく島もない。峠からの道は二〇年も前の大雨で途中の村が流され、廃道になっていて、いまでは歩く人もほとんどいないという。

カルパナもそそくさと食事をすませ片づけおえると、ぼくは座っていた絨毯の上に寝袋を広げて寝る仕度にかかる。

遠い町から何日もかけて、人やラバの背にかつがれて運ばれてくる貴重な灯油をつかうランプを、宿屋でもないのにいつまでも灯しておくわけにはいかないのだ。

ぼくは枕元に懐中電灯と、池の水をつめておいた水筒をおいて寝袋にもぐりこんだ。カルパナはインク瓶のランプを持って、板壁で仕切られた奥の小部屋に入っていった。

寝袋に入ったぼくはなかなか寝つけなかった。それは何頭ものジャッカルが鳴きかわす甲高い遠吠えが、家のすぐ近くからたえ間なく聞こえつづけていたためばかりではなかった。壁一枚へだてて寝息をたてているカルパナとの出会いにぼくは興奮していた。

群青色の水に半身を浸して沐浴していた、彼女の白い裸身がよみがえる。はっとするほど人なつっこい笑顔を見せるかと思うと、たちまち冷淡な無関心さに変わってしまう謎の女だった。人里離れた森の中の、この一軒家の周辺には水田はもとより一枚の野菜畑も見あたらなかった。

夫や子どもがいてもおかしくない年恰好なのに、「お祖父《バジェ》さん」と彼女が呼ぶ老人以外に家族のいる気配はなく、生活のにおいも感じられない。

彼女の身の上の事柄に関する話題はタブーであるらしかった。カルパナはぼくの素性についても関心をしめそうとはしなかった。どこから来た？　どこへ行く？　何しに来た？　結婚しているのか？　親は生きているのか？　初対面の人でも道ですれ違っただけの人でもかまわず、ぼくはこの国に来てうるさいほど何度も同じ質問を受けつづけてきた。

しかし彼女は違っていた。カルパナのことはなにひとつ知らないけれど、彼女もぼくについてなにも知らないけれど、ぼくは彼女に強く惹かれはじめていた。

六

翌朝。ガンドルン村へ向かう森の中の、登り道の足どりは重かった。出発の朝、食事や宿泊の料金をたずねると、

「宿屋でもないのに、お金なんてもらえないわ」

と言って、カルパナは受けとろうとしなかった。この国の風習にしたがって、この界隈の街道の宿や食堂の通常の食事代金よりも少なくはないほどの額のルピー札を、彼女のチョロのポケットにぼくが無理やりねじ込もうとして揉みあったとき、彼女はぼくの耳元で、

「また来てくださいね。ずっと居てもらってもいいのよ」

とささやいたのだ。結局金は受けとってもらえなかった。

ガンドルン村に行ってもなにが待っているわけでもない。そこから川沿いに下って町に出て、あてどもない放浪の旅をつづけた挙句、わずらわしい日々のくり返しでしかない世間にもどっていくだけのことだ。いっそのことこのまま引きかえして、カルパナの家に居ついてしまおうか、とぼくは本気で迷いはじめていた。

「おや、まだこんなところにいたのかね。とっくにガンドルンに着いて朝飯を食べている時間じゃないか」

きのうカルパナの家で出あった老人が、手ぶらであらわれて言った。食事は一日二食、朝食は午前中の遅い時間に、というのがこの国の一般的な食習慣だ。

「カルパナに惚れて、行こうかもどろうか迷っているんだろう?」

ぼくの心の内をいきなり言いあて、かたわらの岩に一緒に腰をおろすようにうながして、老人

は語りはじめた。

「あんたはカルパナを生身の人間だとまだ思っているようだが、彼女は二〇年前の大雨で流されて死んだ、少女の亡霊がよみがえった羅刹女《ラチェシ》なんだよ。

あの池の水と彼女の肌に触れて、人間の姿でもどってきた男はいままでひとりもいなかったんだ。だからあんたが人間のままカルパナといっしょにあらわれたときには、たまげたものさ。

ヒキガエルも白鷺も猿たちもコウモリも、あんたが会った動物たちはみんな彼女に言いよってきた男たちさ。雑貨品をあの家までかついできた馬面の男も、馬にされて朝市で売り飛ばされて、こんな札束に変わってしまったよ。あの助平野郎、あんたの来る少し前にカルパナといっしょに池に行って、痩せ馬にされてもどってきたばかりだったんだよ。

あんたが彼女の術にかからなかったのは、カルパナもあんたに惚れちまったせいかなあ、それとも羅刹女《らせつ》の術をうち負かす、シヴァ神でもとり憑いていたのかい？　あんたには。いずれにしてもせっかく命びろいしたんだから、カルパナのことはさっさと忘れてしまうことだな。

おれかい？　おれは洪水のときお嬢さまといっしょに流された爺やの亡霊、ってことにでもしておこうか」

ガンドルンに着いてたずね歩いてみたが、カルパナの住む一軒家のことも、群青色の水をたたえる池のことも、知っている人はいなかった。峠からの本道の石畳の道が、雨が降ると水浸しになってしまうのは、ほんの十数メートルのあいだのこと。その手前からわかれる廃道に迷いこんだまま、行方知れずになってしまう人がときどきいる、という話は何人かの人から聞かされた。

芽をだして育ちはじめたトウモロコシ畑が東向きの斜面に階段状に広がり、石積みの家々が散在するガンドルン村の北には、横向きの象の頭の形をしていることから象頭の神「ガネーシャ（聖《しょう》天）」の異名を持つアンナプルナ南峰（七二一九メートル）が、見上げる高さにそびえていた。ガネーシャはシヴァ神の息子で、障害を除去して成功と幸運をもたらす神として人気がある。

「カルパナ」とはネパール語で「空想・想像」という意味だと教えられたのは、このときのことだった。

（第四話　完）

註

1 **シコクビエ（四国稗）kodo** イネ科、オヒシバ属。弘法稗、唐稗ともいう。イネ同様苗床で育てた苗を手植えする。収穫前のトウモロコシ畑に植えられることもある。直立した茎の頂部に指状の穂をつける。秋に穂刈りされ、乾燥した葉や茎は家畜の飼料として利用される。タライ低地から海抜二五〇〇メートル未満の山村まで広く栽培されるネパールの主要作物のひとつ。原産地はアフリカ大陸で、英語名は african millet。穂の形から finger millet とも呼ばれる。粉に挽いて蕎麦がき状のディロ、パンケーキ状のローティなどにして食べる。また、良質の焼酎《ラクシー》の原料にもなる。

2 **ムクティナート muktinath** アンナプルナ山群の北側にあるヒンドゥー教の聖地で、仏教徒、ボン教徒の巡礼地でもある。「ムクティ」は解脱の意、「ナート」は神に対する尊称。

3 **ニルギリ nilgiri** サンスクリット語で「青い山」の意。アンナプルナ山群の西端に南北に三つのピークが連なる。最高地点は北峰の七〇六一メートル。

4

スクティ sukuti（干し肉）　水牛、ヤギなどの生肉の主に赤身部分を長くひも状に切り裂き、かまどや囲炉裏の上の格子状の棚、あるいは紐につるして煙でいぶし、乾燥させたもの。水分が抜けているので長期間保存できる。直火であぶったり料理に入れて炒めたり煮込んだりすると、燻製特有の香りがあり美味しい。

5

ラクシー raksi（焼酎）　さまざまな穀物や果実等を発酵させて製造した蒸留酒。シコクビエや米のラクシーが良品とされる。蒸留装置の最上部にセットされる銅製などの容器の冷却水を、何度入れかえるかによって味や度数が変わってくる。

6

ガンジャ ganja（大麻）　クワ科の一年草で高さ二メートルに達する大形の草本で、雌雄異株。開花中の雌花や葉からつくられる大麻樹脂 hashish のことはヒンディー語では chares、ネパール語では attar という。一九七〇年代初頭まで、ネパールやインドのいくつかの州では大麻の栽培や売買は合法で、商店や州政府直売所などで公然と売られていたが、その後禁止された。二一世紀に入って、南北アメリカやヨーロッパおよびアジアの一部の国や州で合法化、あるいは非犯罪化される動きが広がっている。

7

カイラース kailas 山　標高六六五六メートル。南側にあるマナサロワル manasarowar 湖とともにヒンドゥー教、仏教の聖地として古来崇敬されている。シヴァ神の住居とされるほか、北方をつかさどる守護神クーベラ kubera（毘沙門天《びしゃもんてん》）の宮殿もこの山にあるといわれる。山頂にあるナツメの木の根元からガンガー川が流れ出ているともいわれている。また仏教宇宙論におけるスメール山（須弥山《しゅみせん》）もこの山と同一視されている。チベット名カンリンポチェ。

8

シヴァ shiva 神　世界を維持するヴィシュヌ bisnu 神や世界創造神のブラフマー brahma（梵天）とならぶヒンドゥー教の主神で、破壊と再生の神とされる。天上から降下したガンガー ganga 川を頭頂でささえ、その髷に三日月を戴き、三叉戟《さんさげき》トゥリスル trisul を手にする姿でえがかれる。また生殖を促す力、リンガ linga（男根）の形で広く崇拝されている。牡牛ナンディン nandin を乗り物にすることから獣主パシュパティ pashupati、カイラース山で修業したことからカイラースパティ kailaspati、宇宙の破壊と再生の踊りを踊ったという神話に基づいて舞踏王ナタラジャ nataraja、世界を救うために猛毒を飲み、青黒い頸をしているので青頸ニルカンタ nilkantha、世界を破壊するときに恐ろしい黒い姿で現れるのでマハカーラ mahakala（大黒天）、憤怒の姿をした殺戮者バイラブ bhairab、恩恵を与えるものシャンカラ shankar、偉大な神マハデヴァ mahadev（大天）、マヘシュヴァラ maheshvar（摩醯首羅《まけいしゅら》・大自在天）などの別名をもつ。妃神はサティ sati とその生まれ変わりであるヒマラヤの娘パルヴァティ parvati、憤怒の形相のカーリー kali やドゥルガー durga、ほかにウマー uma、ガウリー gauri ともよばれる。息子に軍神スカンダ skanda（韋駄天《いだてん》）と象頭のガネーシャ ganesa（聖天）がいる。

9 **アオハブ（青波布）bamboo snake**　クサリヘビ科の毒蛇で、人畜をかむが死ぬことは少ない。台湾から東南アジア、南アジアに分布している。

10 **イラクサ（刺草・蕁麻）sisnu**　イラクサ科の多年草。日本でも特に東北地方では山菜の王といわれるが、ネパールでは葉を乾燥し粉末状にし、スープの材料などに利用されている。高血圧・便秘・胃炎などに対する薬効も知られている。

11 **ズカ juka（山蛭）**　ヒル綱に属する環形動物。吸盤で人間や動物の皮膚に付着して吸血し、血を吸うと二倍ほどに膨れ上がる。塩や灰を嫌う性質があるといわれている。

12 **コス kos**　距離の単位。約3・6キロメートル。

13 ハヌマン・ラングール hanuman langur　霊長目、オナガザル科、コロブス亜科。ヒマラヤ地域からインド全域、スリランカに生息している。ヒンドゥー神話でラーマ王子を助けて活躍する猿神ハヌマンにちなんで名づけられたもの。ハヌマン神については↓第七話　註参照。

14 グンドゥルック gundruk　大根などの青菜を瓶等に詰めこんで、自然発酵させたのちに乾燥した保存食品。独特の酸味がある。各家庭で作られ、ダルの代用スープやタルカリの材料として用いられる。

15 モショウラ masyaura　水に浸けてふやかした黒豆 maas を潰して泥状にし、細かく刻んだ野菜（大根・じゃがいも・冬瓜など）を混ぜ、小さく丸めて乾かしたもの。水でもどして料理の材料として使う。

第五話　スーリヤ――魔女に呪いをかけられるはなし

一

カリガンダキ川に沿って南北につづく道は、古くからチベットの岩塩をインドへと運ぶ「塩の道」として栄えてきた。

ダウラギリとアンナプルナ。ふたつの八〇〇〇メートル峰にはさまれて深い谷を形成しているカリガンダキ川も、ヒマラヤの山並みの北側に位置するこのあたりまで上ってくるとグンと広くなった川原をゆったり流れる静かな川にかわり、チベット高原のとばくちにさしかかっていることを思わせる乾いた荒涼とした風景がひろがっている。

都のカトマンドゥから遠く離れたヒマラヤのこんな奥地の村に、と驚かされるほど立派な、二階建、三階建の石積み平屋根の家々が石畳の道をはさんでならんでいる。

まだ陽は高く、明るいうちに次の村まで十分行き着けそうだが、どっしりとした村のたたずまいが気にいって、広大な川原を見下ろす村の中心街のとりわけ大きな宿の立派なアーチ状の石の門をくぐって荷をおろした。宿といっても利用者のほとんどは街道を往き来する常連客で、看板もベッドもテーブルもメニューもない伝統的なつくりの旅籠宿だ。

燕麦《えんばく》[1]の刈りいれの終わったうらの畑では、一〇頭あまりの「ゾパ」が首からさげた鈴の音をならしながら、木をくり抜いてつくられた飼い葉桶の混合飼料を黙々と口にはこんでいた。

海抜三千数百メートル以上のヒマラヤやチベットの高地にしか生息できないヤクの牡と、低地に住む牝牛との一代限りの交配種がゾパ。ヤクほどではないが、長い暖かそうな毛におおわれている。冬期には標高一三〇〇メートルほどの低地にまで下って行くこともできるので、ゾパはこの街道に欠かすことのできない荷物運搬獣になっている。

道に面した前庭には、やはり一〇頭ほどのラバたちが、頭に紐を引っかけた布袋に長い鼻を突っこんでトウモロコシの粒をぼりぼり音をたてながらむさぼり食っている。

ラバは牡ロバと牝ウマの交配種で、より標高の低いヒマラヤ中部山岳地帯のけわしい山道のポーターとして活躍している。生殖能力はないがウマなみの体格や体力があり、ロバ同様の粗食にたえるということで重宝がられている気の毒な連中なのだ。荷物をおろされた背中にはどのラバにもすり傷ができていて、うっすらと血がにじんでいて痛々しい。

石畳の中庭には稲藁のむしろが敷かれ、四人の男たちがあぐらをかいて向かいあって座っていた。中央にはサリーのうえに厚手のカーディガンを着こんだ宿の女将が片ひざをたててどっしりと座り、半球形の底をした「パティ」[2]とよばれる真ちゅうでできた大きな枡を手にしている。

布の上に広げられた米の山にパティをころがして突きいれ、盛りあがった縁をてのひらですり切って、女将は手ぎわよく計量していく。

庇のつき出た一段高くなっている土間には、ヤクの毛で織った布袋に詰められた岩塩と、麻袋に入った米が積みあげられている。

ゾパの背で北のチベットから運ばれてきた岩塩と、ラバ隊が南の盆地の町ポカラから運んできた米の交換比率が、この村のあたりで同量になるという。一パティの岩塩が一パティの米と物々交換される、その取引が行なわれているのだった。

岩塩を運んできたのは長い髪を三つ編みにして頭に巻きつけ、どてらのようなゆったりした袖の毛織の上着をつけたふたりのチベット系の男たち。厚底の毛皮のブーツをはいた足を投げだして女将の手の動きを見つめ、片手で「**マニ車**[3]」をまわしながら口の中で仏教の経文をとなえている。

かれらのむかいには縁なしのネパール帽「**トピー**[4]」をかぶり、裾の細い木綿のズボン「スルワール」をはいたふたりの男が座っている。ラバをあやつって米を運びあげてきたかれらはふた重まぶたの大きな眼と高い鼻をもち、鼻の下にひげをたくわえたヒンドゥー教徒だ。

会話にはネパール語が多く使われているが、女将はチベット語もわかるらしい。チベット系のふたりの話すネパール語はかなりなまっていてほんの片言だから、隅に座ってながめているぼくにはかえってわかりやすい。

歌うように節をつけて、女将が量った回数を声をあげて連呼している。にぎやかでなごやかな雰囲気の中で、計量は真剣にすすんでいった。

女将が米を盛った枡を持ちあげてとんとんと床にあてると、ラバ隊からクレームがつく。一枡に米が余分に入りすぎるというのだ。盛りあげた米をすり切るてのひらが深く反りすぎると、量が少なくなる、とゾパ隊の側から文句がでる。マニ車をまわしながら無心に経文をとなえているようでも、見るところはしっかり見ているようだ。

計り方によってその量が微妙にかわるから、中立の立場の宿の女将が駆りだされるのだろう。女将にとってはどちらも何年も前からの、あるいは何代も前からの常連客だから、双方が満足する公平な取引立会人でなければならない。

チベット文明とヒンドゥー文明が、いまここヒマラヤの奥地の村で出会い、交わっている。その生々しい現場に立ち会っていることに、ぼくは感動していた。

二

ラバ隊のトピーをかぶった男たちがいろりをかこんで、やかんで燗をした燕麦の焼酎《ラクシー》を飲んでいる。いろりの上につるされていた高地ヤギ、毛足の長いチャングラの干し肉《スクティ》を酒の肴にと女将が火箸でつかんで、火の中に投げこんであぶっている。

「今日は途中の崖道でラバが脚をふみはずして、崖下に落ちてしまったんだ。二ムリ（四〇パテイ）の米とラバ一頭を失って、今回の行商は儲けがとんでしまったよ」

年配の太った男の愚痴を聞いてうなずきながら、女将は柄をひざで押さえて固定した鎌で、あぶった干し肉を切り裂いている。そして小皿に取りわけ、塩と唐辛子、山椒の混ざった粉をそえてふたりに手わたす。

「さっき米と交換した岩塩をポカラまでおろすにも、ラバが一頭たりないんじゃないかな？」

と若いほうの息子らしい男が言った。

「発つのは明日でしょ？　なんとか調達してあげるわ」

と女将がなぜかぼくに視線を向けながら言うと、

「そうしてもらえると助かるなあ。若くて元気なラバをひとつたのむよ」

父親らしい男はにっこりうなずいて、強い焼酎《ラクシー》をひと息で飲みほした。

旅籠宿とはいっても、部屋や食事の用意をするだけでなく、ここは旅人たちのさまざまな要求にこたえる総合旅行エージェンシーでもある。

奥の部屋では巻貝の貝殻を使って数あわせをする博打場《ばくち》がひらかれていて、男たちの熱の入った声がきこえている。

客と枕をともにする女性の手配までしてくれるらしく、化粧の濃い女たちの姿も夜になって目にするようになった。ぼくもこの遣り手の女将からそれとなく勧められたがことわり、それ以来彼女の態度が冷淡になったような気がしている。〈飲む、打つ、買う〉のどれにも関心をしめさないぼくは、ここでは招かれざる客であるらしく、宿えらびを間違えた居心地の悪さを感じていた。

やがて博打場のさわぎも静まって、いろりをかこんで飲んでいた連中もそれぞれの寝床に引きあげて行った。いろりのある部屋の隅の稲藁のむしろの上に手織りのじゅうたんと枕をあてがわれ、ぼくは持参している寝袋にもぐりこんだ。ランプのあかりも消され、燃えのこったいろりの熾火《おきび》だけが赤く光っていた。

ウトウトしかけたときにパタパタと草履ばきの足音がして、部屋に入ってきたのは宿の女将らしい。彼女はいろり端にあぐらをかいて座り、右手を熾火の中に差し入れて動かしているように見えた。火を掻き起こしているのかと思って見ていると、急に部屋の中が明るくなった。女将の右手の五本の指に火がついて燃えているのだった。怖くなって身体を動かすこともできずに、ぼくは寝袋の中でふるえながらその光景を見つめていた。

女将が火のついていない左手の薬指を自分の左の鼻の穴に差し込むと、指は見る見るうちにその付け根まで鼻の中に入ってしまった。その指をサッと引き抜いて小さなくしゃみをしたかと思うと、鼻の穴から親指ほどの大きさの何人もの小人たちが、バッタが跳ねるように次々に飛び出してきて、いろり端の土間の床の上にならんだ。牧童のような粗末な身なりをした日焼けした若者たちや、ベルベット地のショールを頭に巻きつけ、耳をおおうような大きな金色の耳飾りを付けた女たち、それに背中に大きなこぶのあるある白い雄牛もいる。

女将が口の中でなにやら呪文をとなえると、小人たちはきびきびと動きだし、若者たちはそれぞれ雄牛に木製の犂《すき》をつないで、いろり端の土間のあちこちを鋤き起こし、耕しはじめた。その後についていくようにして、女たちが首から下げた布袋からつまみだした種子をふり撒いていく。やがて芽が出て緑の葉が茂り、部屋いちめんが白い花と赤い茎におおわれた蕎麦《そば》畑に変わっていた。小さな男女は鎌でそれを刈り取り、穂をこき籾をついて、お盆のような丸い形をした竹で編んだ箕《5ナングロ》で、角ばった蕎麦の黒い実をふるい分けていく。

土間にしつらえられている石臼の前のむしろの上にあぐらをかいて座っている小人の女のひと

りが、蕎麦の実を中央の穴に注ぎ入れ、臼をまわして粉を挽きはじめる。臼のまわりに散らばった粉は別の女が箒で掃き集め、箕《み》をふるって、黒い殻と灰色の粉に分けていく。箕を大きく上下にふって、宙を舞う蕎麦殻を器用に左手でつかみ、いろりの火の中に投げ込んでいく。そのたびにいろりの熾きが小さな火の粉をあげ、花火のように燃えあがった。

箕の上に残った蕎麦粉をアルミ製のボウルに移し、水を少しずつ加えながらこねあげていく。小さくちぎって両手でたたいてたいらに丸くのばすと、火箸でいろりの熾きの中に一枚一枚埋めていった。蕎麦の焼ける香ばしいにおいが部屋中に立ちこめる。表裏をひっくり返して焼きあがった蕎麦粉の薄焼きパン、ローティを箕の上にならべ終えると、小人たちはバッタリ倒れて動かなくなった。

女将はだまってローティを竹籠におさめ、倒れた小人たちを緑色に異様に光る眼でにらみつけると、次々につまみあげて耳まで裂けた大きな口を開いて呑み込んでしまった。犂、杵、石臼、箕などのミニチュア道具を竹籠に放りこんで立ちあがり、女将は草履の音を立てて部屋から出ていった。

眠ったふりをして息をひそめていたのか、それとも長い夢を見ていただけなのか、ぼくはふたたび深い眠りに落ちていった。

三

翌朝。この不気味な宿から一刻も早く逃げ出そうと、朝食もとらずに出発しようとしていたぼくに、女将が思いのほか愛想のいい笑顔をむけて言った。

「早発ちと聞いてローティを焼いておいたから、食べていってよ。お茶もいれるから」

薪がたされて燃えさかるいろりの火に手をかざして暖をとっていると、ほどなく大判のせんべいほどのサイズの蕎麦粉のローティと、陶器の茶碗に入った**チベット茶**[6]がでてきた。真夜中にぼくの目の前で小人たちが作っていたミニチュアのローティが、本来のサイズに拡大されて出てきたとしか思えない。じか火であたためなおしたローティは重曹でも入っているのか、表面はカリッとしているがふっくらと焼きあがっている。ちぎって茶に浸して食べるとチベット茶に入っているギウ（精製バター）の香りと塩味が加わって美味しいが、食べなれない妙な苦みも感じられた。ふだん食べている甘《あま》蕎麦ではなく、標高の高いところで栽培されている**苦蕎麦**[7]《にが》（韃靼《だったん》蕎麦）なのかもしれない。それともなにか異物が混入されているのだろうか。

精算をすませ、靴をはいて立ちあがったとき、ぼくはめまいに襲われた。ザックを背負って立つぼくを見上げる女将の目は、夜中に見たときのように異様な緑色に光っていた。三白眼の上目づかいでぼくをにらみつけ、立ちあがって口の中でなにやら呪文らしいものをとなえている。そして女将は手にした木の器に入った水を左手の親指と薬指ではじいて、ぼくにむかってふりかけながら、

「おまえの本来の姿を出でて、ラバの姿になれ！」

と言った。

ぼくはびっくりしてぶるるっ、と身ぶるいしてきりきり舞いし、床にたおれたかと思うと、そのまま人間の形を失ってラバになっていた。大きな動く耳と長い鼻、蹄《ひづめ》のある四本の脚と貧弱な尻っぽをもったぼくは、鼻を鳴らして空気を吸いこみながらだらしなく嘶《な》いて立ちあがり、大きな音をたてて放屁した。

女将は呪いをかけて、人を殺したり、発狂させたり、病気にしたり、あるいはほかの動物に変えてしまったりする能力のある**魔女**《ボクシ》[8]だったのだ。

四

ほかのラバたちと同じような長い鈴を首から吊りさげられ、背中には麻袋に詰めかえられた岩塩の大袋をふたつ、左右に振りわけてぼくは脊負わされた。ラバ隊はきのう来た道をひき返していくのだ。石のようにごつごつした岩塩が背中にあたって痛い。

丸石におおわれたひろい川原を蛇行しながらゆったりと流れていたカリガンダキ川は、下るにつれてしだいに深くきざまれた切りたった峡谷にかわっていく。大きな岩にあたって白い波しぶきが砕け散る深い谷にそって、街道はしだいに高度をさげながら南へと続いている。

川側にひらいたコの字型に、断崖の岸壁をくり抜いてきざまれた、ぬれて滑りやすい道にはもちろん手すりなどなく、あったとしてもそれにつかまることもできない。石を積んで作られた長い階段状の道を下ったさきの、カリガンダキに注ぐ支流にかかる丸木橋もラバには渡れないので、つめたい流れの中に入っていかなければならない。美味しい雪どけ水や道草を楽しもうと、ちょっとでも立ちどまると耳ざわりな口笛がひびき、背後から握りこぶし大の石がとんできて尻にあたる。

崖の下の川原には一頭のラバの屍体が横たわっていた。たくさんのハゲワシやカラスがそれをついばみ、食いあらされた屍骸はすでに骨がむき出しになっている。一歩足をふみ滑らせたら、ぼくにも同じ運命が待ちうけているのだ。うしろ足が自分では見えないので歩きにくいことこの上ない。

前を歩く牝ラバの陰部が、尻っぽを振るたびにチラチラ目に飛びこんでくる。すると畜生のあさましさでついのしかかってみたくなる。でも彼女も大きな荷をかついでいるので、なかなかうまくいかない。しかも気がついたらぼくの睾丸は抜かれていて、下半身はうなだれまどろんだままでなんの役にもたたない。人間が扱いやすいように、暴れないで従順に働かせるために牡ラバはあらかじめ去勢されているのだ。

もたもたしていたら、また石つぶてが飛んできた。「淫売の息子！」とか「糞喰らう犬！」とか「母親とまぐわう驢馬《ろば》！」とか、面と向かって人にはけっして言ってはならない、でも喧嘩のときなどによく耳にする汚いののしり言葉もいっしょに飛んでくる。腹がたったので歩きながら脱糞してやったが、無視されてしまった。

休みなく歩かされて、午後のはやい時間にその日の宿泊地に着いた。カリガンダキの谷は深い切りたった崖の底を、激流渦巻くしぶきを上げながら轟音を響かせて流れ下り、太陽はすでに西側の山にせまっている。

宿は前日とはうって変わって小ぢんまりした茅葺《かやぶ》きの家。道に面した前庭で荷をおろされてほっとひと息ついているところに、太陽の光をうけて琥珀色にかがやく豊かな捲き毛を束ねて背中におろした、目の大きな美しい女性が戸口からあらわれた。一瞬おどろいたような表情をうかべて目を見はった彼女は、ほかのラバたちには目もくれずにぼくの方に歩みよってほほ笑みかけ、

「チッ、チッ！」

と舌を鳴らしてぼくの鼻の上をやさしく叩きながら、戸口の方を振りかえり、

「アプサラ！　かまどの灰ときれいな水と箒《ほうき》をもってきて」

と叫んだ。

首をかしげて鼻さきを彼女の肩の上にのせているうちに、ぼくの目からは涙があふれ出してとまらなくなった。

「どうかしたの？　スーリヤ小母《おば》さん」

と言いながら一〇歳くらいの愛くるしい少女が銅の小皿に入った灰と、真ちゅうの水差しに入った浄化された水、それに薄緑色の箒草《アムリソ》の穂を束ねて、裂いた竹で縛った箒を持ってあらわれた。

「呪いをかけられて、ラバにされてしまっている人がここにいるのよ。かわいそうに！　ほら、このラバにだけ影がないでしょ。こんなに陽があたっているのに」

とスーリヤがアプサラに言った。それまで気づかなかったが、午後の強い日射しを浴びて、ほ

かのラバたちにはくっきりと影がのびているのに、ぼくにだけはまったく影がないのだった。

スーリヤはひとつまみの灰を右手の親指でぼくのひたいになすりつけ、息を吹きかけながら箒で掃きおろすようにして全身に触れていった。そして右手の薬指を水差しの水に浸して、親指ではじいてぼくの顔に向かってふりかけ、口の中で呪文をとなえた。

「全能者にして天地の破壊と創造の主であられる大神《マハデヴ》、シヴァさまの御稜威によって、このラバの形を棄てて、至上神《パラメシュワル》によって受けたおまえの本来の姿におもどり！」

箒で尻をポーンと叩かれたぼくは一声大きくいないいき、ぶるっと震えて前脚立ちになり全身をゆすったかと思うと、靴をはいてザックを背負った、出発前の今朝のぼくの姿にもどっていた。そしてザックの膨らみのある黒い影が足元から地面にのび、道と畑をへだてるイラクサの茂る石垣にまで達していた。

五

スーリヤは魔女《ボクシ》や死霊《マサン》にとり憑かれたり、呪いをかけられたりした人を治療する能力をもつ女呪術師《ダミニ》だった。

　五歳のときに熱病に冒され、夢遊病者のように家を出てさまよい歩き、ゆくえがわからなくなってしまった。何者かに拉致されてインドに売られていったのか、ときおり出没する豹《チトゥワ》[6]に食われてしまったのか、それとも神隠しにあったのかと村じゅう大騒ぎになった。三日後に幼いスーリヤは何ごともなかったように元気にもどってきたが、そのあいだのことは何も覚えていなかった。その日以降、彼女には透視や予知などの能力をしめす言動があらわれ、まわりの大人たちをおどろかせた。

　スーリヤは老いた母と、亡くなった姉の娘アプサラと一緒に、召使いの少年ひとりを使って小さな宿《バッティ》を営みながら、近隣の人たちの悩みごとの相談に応じているという。アプサラの父親は、カリガンダキ川沿いに徒歩で一日ほど下った山腹の村で、別の妻やその子どもたちと暮らしているという。

　この日の宿泊客は、聖地ムクティナートへむかう巡礼の旅をしている一〇人あまりのグループ、それに今日一日ぼくに石を投げつけたり罵声を浴びせたりしてこきつかってきたラバ使いの父子と人間にもどることのできたぼく。二部屋のドミトリーにびっしりの雑魚寝状態だった。

　カトマンドゥから来た巡礼グループは、米やダル豆、タマネギやジャガイモなどの野菜やスパイス類、そして鍋釜食器類や寝具まで持参して、自炊しながら泊まりをかさねていく。宿にはむしろのすり減り代を加味したわずかの薪代を支払うだけだ。

　ムクティナートの参拝をすませれば同じ道をもどってくるので、帰路に消費する米やダル豆などは、往路で利用した宿にあずけていく。宿ではもどってきた巡礼団に、あずかった米などをその一割分さし引いて返すことになっている。その一割のことは「ネズミの食べたぶん《ムサカルツァ》」と呼ばれている。

　裏庭では巡礼グループが石を組んだかまどに火をおこして、夕食の支度をはじめていた。ラバ隊のふたりは、ラバだったぼくがかついできたふた袋の岩塩を、村の商店に適正な価格で引きとってもらうように、スーリヤの口添えで話をつけてきていた。スーリヤが懇意にしているその店には、間口はせまいが近在の村に住む人たちが必要とする日用品が何でもそろっているのだ。

　街道と並行して流れるカリガンダキ川の川原に湧く、温泉《タトパニ》の露天風呂に浸かりにいく。川原のあちこちに温泉《タトパニ》の湧きだしているこの村の名は、そのものずばり[10]**タトパニ**村だ。

「高い金を払わされて女将から買ったラバが、あんただったとはなあ。協調性がなくて扱いにくい、妙なラバだとは思っていたんだ」

　ならんで湯に浸かっていたラバつかいの父親が、きょう一日ぼくを痛めつけてきたことなど忘れているかのように、悪びれる様子もなく言った。

川の両岸は岩肌をあらわにした高い崖にさえぎられているが、谷の上流方向、真北にはニルギリ峰の雪のつかない急斜面の南壁が空に映えて、「青い山」という意味のその名のとおり青くかがやいている。一二〇〇メートルにも満たない高度まで下ってきているので、頬をなでる風は暖かかった。

宿にもどると、注文もしていないのに肉桂《シナモン》の香りのする紅茶《チヤ》を手にしたスーリヤが笑顔で迎えてくれる。夕食は質素なネパール料理の定食《ダルバート》だが、今朝食べさせられた、頸からさげた袋に入った古く乾ききった虫食いのトウモロコシ粒とは大違い。スーリヤの味つけは絶妙だった。

六

温泉にゆっくり浸かって美味しい食事を堪能し、今日一日の思いがけない苦役による疲労感がもたらす心地よいだるさにぼくは包まれていた。しかしせまい相部屋《ドミトリー》の客室では、大きないびきがあちこちから聞こえてきて、ぼくは寝つけなかった。寝袋をまるめてそっと寝床をぬけ出し、ぼくは出入口の外の庇のあるベランダに出てみた。谷底から見上げる東西が狭い菱形の空の、月の出る前の降るような星空をしばらくひとりでながめていると、ランプを手にしたスーリヤが出てきて、

「内側から錠をおろしてしまうから中に入って」

と小声で言った。

「こっちで寝てもいいのよ」

スーリヤは倉庫をかねた彼女の私室にぼくを招じ入れた。むしろの敷かれたせまいスペースに寝袋をひろげて横になると、スーリヤは自分のベッドに入ってランプをふき消し、

「きて」

と消えいるような声で言った。

ぼくは手さぐりでスーリヤの温かい寝床にもぐりこんだ。そして抱擁と接吻と愛撫と戯れの中で、スーリヤはぼくの両腕の中に身を溶け入らせた。しかしぼくの股間はぐにゃりとうなだれたままで、それ以上さきに進むことができない。縮こまった陰茎に手をやると、その奥にあるはずのふたつの睾丸が抜きとられてなくなっている。うろたえて動揺しているぼくの様子をいぶかしんだスーリヤは、ぼくの股間にそっと手をのばし、

「あら、そうだったのね」

となんでもないことのようにつぶやくと、ぼくから裸身をすり抜けさせて起きあがり、寝床の上の棚から二つ折りにした小さな厚手の布を取りだして、それをひらいて見せた。窓からさしこむ顔を出したばかりの月あかりに照らされて、たまご型をしたボールがふたつ、黄金色に妖しく輝いている。

「あなたがラバに変えられたとき、抜きとられていたのよ」

とスーリヤが耳もとで楽しそうに言った。あっけにとられたぼくがまばたきすると、布の上のふたつの玉は消えていて、ぼくの股間が熱くなって雄々しく起ちあがり、硬く漲っていた。こうして本来の姿にもどったぼくとスーリヤのあいだには、起こるべきことがつつがなく起こって、ぼくたちは深夜まで愛しあった。

七

スーリヤの宿にひと晩泊り、ふた晩泊まり、ぼくは旅立つことを忘れてしまった。スーリヤをはじめてひと目見たその瞬間、つまりまだラバだったときすでに、ぼくは彼女に恋してしまっていた。この女性がぼくを人間の姿にもどしてくれる、と直感したのかも知れない。

スーリヤの宿には、泊まり客以外にも来客が多かった。近在の村人たちのたまり場になっているのだ。かまどの前の低い木製の腰かけに立てひざで座っているスーリヤのまわりのむしろには、紅茶《チャ》や焼酎《ラクシー》のグラスを手に長時間おしゃべりしていく人たちが絶えることがない。何も注文しないで柱にもたれて黙ってぼんやり立ちつづけている少女もいる。

「彼女はなにしに来たの？」

とたずねると、

「みんなあなたを見に来ているのよ」

とのこたえ。

ぼくは髪結いの亭主よろしく、スーリヤの宿に居ついてしまっていた。スーリヤの姪のアプサラもすぐにぼくと仲よしになった。

「牛肉を食べるような汚らわしい異教徒を引っぱりこむようなおまえは、誇り高いわが**刹帝利**《チェトリ》[11]**・カースト**のつら汚しだ！　日本人、っていうのは、**仕立屋**[12]**も鍛冶屋も革職人も**、みんな混ざりあって暮らしている、っていうじゃないか」

などと酒に酔ってどなりこんでくる親族の男もいたが、

「汚らわしいと思うんなら、中に入ってこないでちょうだい、叔父さん！　わたしのつくるお茶も、飲んでくれなくていいのよ」

とスーリヤは追い払ってしまった。スーリヤが叔父《ママ》とよぶこの男の祖父は、彼女の曾祖母の弟にあたるのだという。

数日後、かれは畑で採れたという大根やキャベツを持ってきて、

「あんたのお国は仏教国だっていうじゃないか。ネパール生まれの[13]**ゴータマ・ブッダ（釈尊）**もわれわれと同じ刹帝利《チェトリ》族。姪っ子《バンジ》をよろしくたのむよ、婿さん《ザインサーブ》」

と握手を求めてくるのだった。

「あなたとはじめてあった日の朝、水を満たした壺を抱えた[14]**クリシュナ神**が夢に出てきて、わたしの夫になる異国の人がやって来る、と教えてくれたの」

とあとになってスーリヤは言っていた。

「ラバの姿で現れるとは思わなかったからびっくりしたけど、あなたがその人だってことはすぐわかったわ」

これまでの数か月間のインドやネパールでの旅の経験が、さらにはそれ以前の二〇数年間に

やってきたことややらずにおいたことのすべてが、この村でスーリヤに出会うための助走であり、準備だったのだとぼくは感じていた。根が「成り行き任せ」のタチであるらしいぼくは、突然直面することになったこの状況を、満足とともに受け入れていた。

あるいはスーリヤの呪いの網に、まんまとからめとられてしまっていただけなのかもしれない。

（第五話　完）

註

1 **燕麦 uwa** カラス麦、オート麦ともいう。ヨーロッパおよび西アジア原産の野生種を改良したイネ科の栽培植物。チベット系民族の常食であるツァンパ（麦こがし）や濁り酒チャン、それを蒸留してつくる焼酎《ラクシー》（チベット語ではアラク alak）の原料として、ヒマラヤ高地の村々で栽培されている。ツァンパは塩の入ったバター茶に混ぜてかゆ状にしたり、こねて団子状にしたりして食べる。

2 **パティ pati** 容積の単位、および一パティの枡。片手の一握り、一ムティ muthi の一〇倍が一マナ mana（約〇・四五リットル）、一パティはその八倍の約三・六リットルにあたる。二〇パティを一ムリ muri という。メートル法のリットルやグラムが普及する以前は、穀物や香辛料、小麦粉や蕎麦粉など粉状のもの、蜂蜜や油、ミルクなど液状のものは、とりわけ山村部ではすべてマナやパティの枡を使って取引されていた。ジャガイモやタマネギ、ニンニクなど、大きな塊のものさえ、パティを使って売り買いされることが少なくなかった。重さで量る天秤ばかりは商店などにしかないが、正しい枡であることを示す刻印の刻まれたどっしり重みのある真ちゅう製のパティやマナは一般家庭にもあって、竹籠《ドコ》を背負って売りに来る農家の人から穀物や乳製品などを買いとるときの必需品だ。ジャガイモやタマネギをパティで量るときの計量法は「すり切り」でなく「山盛り」で、その場合は買いとる側がひとつでも多く手に入れるために、できる限りうず高く盛り上げようと頑張ることになる。

3

マニ（摩尼）車 mani チベット仏教徒が右手に持ってお経を唱えながらまわす法具で、筒のまわりには真言が刻まれ、中にも経文が入っている。この輪を一回転させると、中に納められている経文を詠んだと同じご利益があるといわれ、信仰のよりどころになっている。仏教寺院や仏塔のまわりなどにも大きなマニ車がある。

4

トピー topi 男性がかぶる縁なしのネパール帽。黒あるいはダカ dhaka 織と呼ばれる赤・緑・黄など様々な色の混ざった布地を使ったものがある。服喪期間の人は白いトピーをかぶる。ドウラ・スルワールなどの正装や普段着とともに、町でも村でも大人も子どもも皆かぶっていたが、近年急速にすたれてきている。

5

ナングロ nanglo（箕《み》） 穀物をふるい分け（風選）して、実入りの悪いものや欠けたもの、籾殻やゴミ、石などを取り除くほか、トウガラシなどの作物を干したり、竹籠ドコのふたにしたり、さまざまな用途に使われる家庭の必需品。

6　**チベット茶 bote chiya**　茶葉を蒸して発酵させ固めた磚茶《たんちゃ》をほぐして煮詰め、茶こしで漉してギウ（精製バター）、岩塩といっしょに筒桶に入れて撹拌してつくるバター茶。

7　**苦ソバ tite phapar（韃靼《だったん》ソバ）**　タデ科、ソバ属の一年草。ネパールでは標高一三〇〇メートルあまりのカトマンドゥ盆地から、耕作上限近くの四二〇〇メートルまで栽培されている。苦みとアクが強いが収量は普通ソバ（甘ソバ）より多く、健康ブームで注目されているルチン（配糖体）は普通ソバの一〇〇倍も含まれている。「韃靼」は八世紀にモンゴル高原に現れた遊牧民族、タタールのこと。後には北方の遊牧民族の総称としても使われ、明の時代には北方に逃れたモンゴル帝国の遺民もそう呼ばれた。

8　**ボクシ boksi**　女妖術師、魔女。男の妖術師はボクサ boksa というが、妖術師とみなされる人は圧倒的に女性が多い。ボクシに対しては面と向かって公然と非難することはしないで、ひそかにその呪いを打ち消す対策を講じなければならない。

9

チトゥワ chituwa（豹）　食肉目、ネコ科、ヒョウ属の大型哺乳動物。体長一・八五～二・一五メートル、体重三〇～八〇キロ。ネパールではタライ平原から標高四四〇〇メートルまで広く分布している。黄色の地色に黒い斑点がある。腹の下側や長い尻尾の地色は白く、頭部の斑点は小さい。

10

タトパニ tatopani（温泉）　タトは熱い、パニは水、タトパニは「湯」の意。温泉をも指す。ネパールには温泉の湧いている「タトパニ村」があちこちにあり、タトパニという名の村には必ず温泉が湧いている。村の名前になっていなくても、温泉の湧いているところはさらにその何倍もある。ほとんどが自然湧出の天然温泉で、季節によっては川の水が流れ込んで消失してしまうものもあれば、触れないほどの熱湯が煮えたぎっているところもある。ある季節だけ適度に川の水が流れ込んできて、石を積んでその都度適温の湯をたたえる湯槽が作りなおされるところもある。「タトパニ村」については↓第八話・註参照。

11

刹帝利（チェトリ）chetri　インドの四ヴァルナ（種姓）制度における第二位に位置する王侯・武士階級の呼称、クシャトリア ksatriya のネパール語なまり。山のヒンドゥー parbate hindu と総称されるネパール語を母語とする人たちの中の、王族をふくむ高位カーストの人たち。ネパールの総人口の約一六パーセントを占めている。

12 **仕立屋も鍛冶屋も…**　中部山岳地帯に住むネパール語を母語とするヒンドゥー教徒にはカースト制度があり、仕立屋 damai、鍛冶屋 kami、革職人 sarki などの職業カーストの人たちは不可触カーストとみなされ、かれらの汲んだ水や作った料理は不浄であり口にすることができない、とチェトリなど上位カーストの多くの人たちは考えている。

13 **ゴータマ・ブッダ gautama buddha（釈尊）**　ゴータマ・ブッダ（幼名・シッダールタ）は今のネパール、タライ地方のルンビニで釈迦族の王子として誕生した。成道の地ブッダガヤー（インド・ビハール州）、初転法輪の地サルナート、入滅の地クシナガラ（ともにインド・ウッタルプラデシュ州）とならんで、ルンビニは仏陀の生涯にちなむ四大聖地のひとつとして仏教徒の巡礼者でにぎわっている。

14 **クリシュナ krisna 神**　ヒンドゥー教の神、ヴィシュヌ神の一〇化身の第八番目とされ、第七番目のラーマ王子とならんで人気の高い英雄神。叙事詩「マハーバーラタ」やその一部である聖典「バガヴァッドギータ」にその活躍が描かれている。クリシュナは実在の人物が神格化されたと考えられており、クリシュナにまつわる伝説は広く人びとに親しまれている。幼いころから神としての威容をあらわし、長じてはゴーピー（牧女）たちのあこがれの的になり、愛人ラーダと恋に戯れ、悪王カンサが遣わした数々の悪魔や魔物を退治するなど、さまざまなエピソードが含まれ、一万六千人の妻をもち、十八万人の子をもうけたと伝えられている。身体の色は青色、頭には孔雀の羽根飾りをつけ、笛を手に持った姿で描かれることが多い。

第六話　プルニマ——禿鷲にさらわれる娘のはなし

一

長かった雨季が明けて、行商のキャラバンや聖地巡礼のグループにまじって、ヒマラヤの風景を楽しみながら泊まりをかさねて歩く外国人トレッカーの姿も多く見られるようになっていた。ぼくたちはタトパニ村の中心街に近い石造りの二階家を借りてうつり住み、『スーリヤ・ゲストハウス』という街道でははじめての英語の看板を掲げた。宿の名はもちろん女主人の名前からとったものだが、スーリヤとは「太陽」という意味だ。

婆羅門《ブラーマン》[1]占星術師の占いにしたがって引っ越しの日がきめられ、その二日後には婆羅門司祭を呼んで、商売繁盛・家内安全を祈願する**ナーラーヤナ・プージャ**[2]が執り行われた。裏庭のミカン畑にバナナの大きな葉を四本立て、地面に牛糞を塗りこんで浄めた祭場をつくり、親族や村の隣人たちにかこまれてもよおされるヒンドゥー教の儀式《プージャ》だ。

婆羅門司祭の延々とつづく読経のあいまには、隣でスーリヤがやっているのを真似して、ガンガーの水や米粒、花びらなどを、わけもわからず言われるままに神々に見立てた果物や水壺に振りかけていく。スーリヤだってその意味や手順を十分わきまえ、理解しているわけでもないらしい。

いつ果てるともしれない長い儀式のあいまに、この日のプージャにはぼくとスーリヤの「婚姻の儀」もまぎれ込ませてもらうことにしていた。

シンドゥルとよばれる赤い粉を、花婿のぼくが花嫁のスーリヤの額のわけ目になすりつけたり、スーリヤがひざまずいて腹ばいになり、ぼくの足の甲に額を擦りつけてぬかずいたり、ぼくの足にふりかけられた水をスーリヤがその下でてのひらで受けて口に含んだり、立っているぼくのまわりをスーリヤが合掌しながら三度まわったり…。これで結婚成立という心髄の儀式らしいものは漏らさず入れてくれてあったようだが、思いのほか簡単にすんでしまった。花嫁を迎えに行ったり花婿の家に連れ帰ったりの、音楽隊をともなう行列や両家での大宴会を含め、本式にやったらヒンドゥー教徒の結婚式は何日もかかる大ごとであるらしいのだ…。

儀式の見物客を含め、宿は開業直後からおおぜいの宿泊客でにぎわった。メニューには定食のダルバートやミルクティー、ラクシー（焼酎）など、従来からあった献立のほかに、麦こがしのミルク粥「**ツアンパ**[3]・ポリッジ」とか、重曹を入れてふっくら焼きあげた**ローティ**[4]「イングリッシュ・マフィン」、野菜入りの雑炊「ベジタブル・おじや」なども加えられている。

やがて街道には英語の看板を掲げ、テーブルやいすを前庭にならべた宿がほかにも見られるようになり、日本人を含む外国人トレッカーの姿はしだいにふえていった。とりわけ川原に温泉の湧くタトパニ村では連泊や長期滞在の人が多く、春秋のシーズンには、村の人口を上まわる外国人旅行者で、合わせて村に四軒できていた宿があふれかえってしまうことも珍しくなくなっていった。

二

宿を開いて半年ほどがすぎた**バイサーク月**[5]（西暦の四月中旬〜五月中旬）の満月の晩に、スーリヤに似たかわいい女の子が生まれた。赤ん坊の右腿の内側には、ぼくと同じ場所に小さなまるい痣《あざ》があった。

娘の誕生から二ヶ月ほどすぎたある日の午後、スーリヤは裏庭のミカンの木の下に稲藁のむしろを敷いて機《はた》織りをしていた。

ミカンの木から一メートルほど離れた地面に杭が打ちこまれている。ミカンの幹とその杭との間に渡した横木に、輪になった帯状のたて糸を通し、むしろの上に足をのばして座っているスーリヤの、腰の背後の竹で編んだベルトがそれを水平に引っぱっている。織り手の身体《からだ》が機の一部になっている「腰機《こしばた》織り」[6]だ。数本の薄板や竹棒だけをつかった、素朴ながら手のこんだ仕掛けになっている。

竹棒に巻きつけられたよこ糸を交互に開いたたて糸に通すときに糸が切れてしまうと、スーリヤはむしろの上に散らばっている糸の切れはしを撚《よ》りあわせてつなげてしまう。ずいぶん雑なやり方のようにみえるが、織り目や縁はきれいに仕上がっていく。

こげ茶色と白のヒツジの毛をそれぞれつむいでつくられた二色の毛糸をつかって、格子縞模様の布が織りあがっていく。スーリヤ手づくりのマフラーや布バッグは、宿の泊まり客のあいだで好評を博しているのだ。

かたわらの浅い竹籠の中には、タオルにくるまれた幼い娘が眠っている。菜種油を燃やしてつくった煤《すす》に、油や芳香剤をまぜ合わせてつくられる「ガーザル」とよばれるアイライナーが目のまわりに黒ぐろと引かれている。幼児が健康に育つようにというねがいをこめた、魔よけのまじないだ。ときおり赤ん坊がむずがると、スーリヤは機織りの手をとめて、竹籠をゆすってあやしている。

ぼくは背もたれのないベンチにまたがって、イタリア人の泊まり客を相手にすごろくに興じていた。二個のサイコロは、断面が六角形の鉛筆を短くきざんで数字を書きこんだもの。三〇個ある駒は二〇分の一ルピーにあたるアルミ製の五パイサ[7]硬貨に着色したものだ。ひげ面の大きな男が背中をまるめて念ずるように目を閉じて、夢中になって鉛筆の切れ端をころがしている。かれの背後の見上げる高さには、見なれた姿のニルギリ峰が雪煙をあげていた。

　古代エジプトにその起源をもつともいわれるこのゲーム「バックギャモン」を教えてくれたのは、数か月前に泊まっていったカナダ人カップルだった。しかしかれらはそのゲーム一式を、宿に残していってはくれなかった。身のまわりにあるものを工夫して必要なものを作ってしまう、というのはぼくがこの村で暮らすようになって身につけた生活の知恵だ。カイラース山上で[8]三叉戟《トウリスル》を手にして瞑想するシヴァ神の図柄の描かれた去年のカレンダーの裏紙が、ゲーム盤として使われている。

　街道を川沿いに北上していく人や、千数百メートルにおよぶ高度差の急斜面を登った先にある峠を越えて、ポカラの町へ帰っていく人たちを送りだし、滞在している人たちは川原の温泉に浸かりにいったり、客室に寝そべって読書にふけったりしている。旅人たちが到着する時間にはまだ間のある、のどかで平穏ないつもの午後のひとときだった。

三

対岸の切りたった崖の上の、わずかに草のはえた窪地にとまっていた猛禽が淡い黄白色の翼を広げて旋回し、空高く悠々と滑空していた。体長が一メートル以上あり、広げた翼は三メートルを超える**ヒマラヤハゲワシ**[9]だ。

あっという間のできごとだった。名前のとおり頸から上にはほとんど羽毛のないハゲワシが、突然頭を下にして翼を縮め風を切って急降下したかと思うと、籠の中で眠る赤ん坊を両足のするどい爪でつかみとり、見る見るうちに空高く舞いあがっていった。スーリヤは悲鳴をあげ、その場にいたみんなが立ちあがって言葉にならない声をあげて追いすがったが、どうすることもできなかった。

ハゲワシは幼児をつかんだまま大きく羽ばたいて高度を上げ、南に向かって滑空すると、どこにも降りたつことなく獲物を落とすこともなく、谷にそって山かげに消えていった。赤ん坊をつかんだハゲワシが飛んでいく姿を目撃した村人は多く大きな騒ぎになったが、その後彼女が発見されたという情報はもたらされなかった。

ぼくたちの愛娘《まなむすめ》はハゲワシにさらわれて殺されその餌食になった、と誰もが思った。しかしスーリヤだけは、娘はきっとどこかで生きていると言いはった。

その晩スーリヤは村の人たちが「ガンガーさま」と呼ぶカリガンダキ川の岸辺に下りて沐浴し、「心願成就」という意味の女神[10]**マナカマナ**に願掛けをした。その夜は満月で、しかも部分月蝕の起こる日で、近所に住むヒンドゥー教の行者や信心深い人たちが、月蝕の時間にあわせて沐浴する日にあたっていた。

「マナカマナさま、娘が元気で生きていますように。そしてわたしたちのもとにもどってきますように」

沐浴をすませたスーリヤは家にもどって、部屋の石壁のくぼみに作られている小さな神棚に新しい水と花をそなえ、菜種油の灯明をともして香を焚いた。そしてアビルと呼ばれる赤い粉にまぶした米粒を、マナカマナ女神に見立てた花にふりかけた。雨の日も、冬の寒い朝も、その日以来スーリヤはガンガーの沐浴と毎朝のプージャを欠かすことはなかった。

愛する娘を突然失ったぼくは悲しみに打ちひしがれ、しばらくは食事も喉を通らないありさまだった。長い雨季のはじまる時期にあたっていたこともあって、泊まり客の少なくなった宿では服喪期間に入ったかのような暗い静かな日々が続いた。

ぼくたちが娘と一緒に暮らしたのは、六〇日たらずのことだった。手元にある彼女の写っている写真は、泊まり客から送られてきた手紙に入っていた集合写真が一枚あるだけだった。ニルギリ峰を背にして、旅立つ旅行者数人やぼくと一緒にスーリヤに抱かれた赤ん坊が小さく写っている。この写真は額に入れて神棚に立てられている。しかしひたいに赤い粉のティカをつける四季折々の祭や祝いの日には、ガラスの上からくりかえし赤粉《アビル》を塗りつけられ、写真の娘は顔などちっとも見えなくなってしまっている。

　ぼくたちの前から突然姿を消してしまった娘のことは、いつまでも忘れることができなかったが、日々の生活に追われているうちに、いつしか五年あまりの歳月が流れていた。

四

　ネパールの南部、インドとの国境ぞいに東西に広がる**タライ**[11]平原は、マラリアなどの疫病が蔓延する深いジャングルにおおわれていた。一部の先住民族をのぞいて人間たちの居住をこばむこの野生動物の楽園は、インド平原とネパールの丘陵地帯をへだてる、自然の障壁でもあった。

　しかしマラリアが克服された近年になって開拓がすすみ、インド系住民や山地のネパール人も多く移り住んでこの国の重要な穀倉地帯となり、東西横断道路もしだいに整備されて訪れやすくなってきている。

宿に必要な物資の買いだしに、バスターミナルのある盆地の町ポカラまで出てきたついでに、ぼくは路線バスを乗りついで、タライ地方の先住民族**タルー**[12]の住む村まで足をのばした。

タトパニ村を流れているカリガンダキ川の下流のナラヤニ川に流れこむ、支流の川が蛇行しながらゆったりと流れている。対岸は丈の高い沙羅《サル》の木々におおわれたジャングルだが、年に二回米が収穫される耕地には、豊かな緑がひろがっていた。二月上旬のこの季節はダルスープの材料のひとつ、**ムスロ豆**[13]の葉が大地をおおい、カラシ菜が畑一面に黄色い花を咲かせ、トウモロコシもすでに大きな実をつけて食べごろになっている。

川に沿ってならぶ脚の長い小さな粗末な小屋は、夜中に対岸の森から川を渡って畑を荒らしにくる野生動物の見張り塔だ。サイ、イノシシ、シカなどがやってくるという。獣たちの侵入を見つけると、小屋で寝ずの番をしている人たちがブリキの一八リットル缶を棒でたたいて大声をあげ、あらかじめ用意してある薪に火をつけて対岸の森に追いかえすのだ。野生動物の狩猟や捕獲は禁止されている。昼間、村で野生動物を見かけることはめったにないが、**一角犀**《ガイダ》[14]の巨大な糞や足跡が道端の畑のあちこちに残されていた。

幅は広いがさほど深くない川の中を、下半身水に浸かりながら萱《かや》に似た「ダッディ」[15]とよばれるエレファントグラスの束を、頭上にのせて運んでいる人たちの姿が見られた。ぼくが訪れた早春のこの季節は、先住民たちの家をつくるのに欠かせない、森に自生するダッディを刈りとる時期にあたっていた。

ダッディの茎をならべて組み、その上を泥で塗りかためた家に住むかれらは、丸太の柱や梁を残して毎年ダッディの壁を新しく作りなおすのだ。数年ごとに葺きかえられる屋根にはダッディの穂先が使われている。燃料用の薪や家畜の飼料になる木の葉や下草なども豊富な森は、かれらの生活になくてはならないものだ。

村の中央を貫通する舗装されていない広々した道に、向かいあうようにして平屋建ての小さな家が軒をつらねている。柱にも梁にも壁にも屋根にも、直線というものは一切見られず自然の曲線によってできているのに、どの家にも落ち着きのある心地よい安定感が感じられた。

水牛、牛、ヤギ、モルモット、ニワトリ、アヒル、鵞鳥、鳩など、たくさんの家畜や家禽が飼育され、子どもたちの姿も多く見られるが、村はおだやかな静けさにつつまれていた。

家々の小さく低い戸口のまわりの土壁には、「ペイズリー」[16]の名で知られる先端が細く曲がった勾玉形の模様が、白やピンク、オレンジ色などでいくつも描かれている。これは米の粉を水で溶いて色粉をまぜたものに、握りこぶしを作った右手の側面、手のひらの縁から小指の先にかけてを浸し、壁に押しつけてできた手形だ。

カーティック月（一〇月中旬～一一月中旬）の新月の日を中心に祝われる秋の祭ティハール[17]で、幸運の女神ラクシュミー（吉祥天）を家に招き入れる目印として、女性たちによってつけられるのだという。

ペイズリー模様は、ナツメヤシや松毬《まつかさ》、糸杉、菩提樹の葉あるいは先の曲がった花の蕾など、植物起源の図柄という説が有力だ。しかしタルー族の民家の戸口のまわりに、おびただしい数の色とりどりのペイズリーの形をした手形を見たとき、ぼくはこの印こそがその起源なのではないかと思った。

南アジアで広く根強い人気のあるこの図柄を、女性たちが身に着けているサリーやルンギ、ショールなどをはじめ、カーテンや枕カバー、ベッドカバーやシーツにいたるまで、この国でもあらゆるところで目にすることができる。招福や魔よけといった超自然の力、呪術的な力を、その図柄がもっていると考えればそれも納得できる。

村の中心の広場には共同の釣瓶《つるべ》井戸があり、まわりでは素焼きの土器や真ちゅうでできた水壺を持ったはだしの少女たちが、水くみの順番を待ちながらにぎやかに騒いでいた。ぼくの聞き

なれているネパール語とはかなり違うので、すべて理解できたわけではないが、
「あんたなんか、ハゲワシの食べ残しじゃないの！」
とののしる声が聞こえたのでハッとして目をやると、五歳くらいの色白で眼鼻だちのすっきりした少女が、年長の娘たちに取りかこまれて泣きじゃくっていた。

五

壺に水を満たした少女たちは、藁束をまるく編んだ輪を頭にのせたその上に水壺をのせて片手でささえ、美しい直立の姿勢でゆったり歩いてそれぞれの家へ帰っていった。

山地のネパール人は背負い紐《ナムロ》を額にかけて、足場の悪い坂道を前屈みになって背中でものを運んでいる。しかしどこまでも平地の広がるここでは、誰もが当然のことのように頭上に物をのせて背筋を伸ばして運んでいる。ヒマラヤの山地からインド国境に近いタライ平原にやって来ていることを、ぼくはあらためて思い出させられていた。

ひとり取りのこされて最後に水をくみおえた幼い少女に、ぼくは近づいて声をかけた。

「どうして、ハゲワシの食い残し、なんて言われていたの？」

「わかんない」

と答えてぼくを見あげ、にっこりほほ笑んだ少女の眼には、スーリヤの面影《おもかげ》があるような気がした。ぼくは少女に彼女の家へ案内してもらった。

同じような造りの家がならぶ一軒の、鳩小屋の下の縁台に腰をおろして、破れた漁網の修繕をしている中年の男が少女の父親だった。ひざ上までの白の半パンツにはだしで、上半身は裸、頭に白い布を巻きつけている。

「ナマステ。川では魚が獲れるんですね」

ぼくは合掌してかれの脇に腰をおろした。父親はていねいな合掌を返して笑顔でうなずき、尻をずらしてぼくの座る場所をあけてくれた。

「娘さんがハゲワシの食い残しなんて言われて、年上の女の子たちにからかわれていたのを聞いたんだけど、どうしてそんなふうに言われるのか、わけを聞かせてもらえませんか？」

「プルニマ、くんできた水を中に運んで、母さんの手伝いをしなさい」

父親はプルニマという名の娘を家の中に追いやると声をひそめて、ぼくの耳元で語りだした。

「村のみんなが知っていることだから話してもかまわないけど…。五年ほど前のある日、川に入って投網を投げて魚を獲っていたら、対岸の森の木の高いところに大きな鳥の巣が見えたので、卵を取ってやろうと思ってその木によじ登っていったんです。巣のある枝までたどり着く前に大きなハゲワシが飛んできて、巣になにか落として飛びさっていきました。すると巣のあたりから人間の赤ん坊らしい激しい泣き声が聞こえてきたので、さらに登っていってのぞきこんでみました。そこにいたのがプルニマだったのです。そっと抱きあげて木からおろし、今日まで養い育ててきたというわけです」

「そのときの正確な日付はわかりますか？　ぼくにも思いあたることがあるのです」

とはやる気持ちをおさえて聞いてみた。

「あれは五年前の、アサール月（西暦の六月中旬~七月中旬）の満月の日の夕方で、その晩は月蝕だったのでよく覚えています。川でおおぜいの人が沐浴していたその中で、プルニマの身体も洗いきよめてやったから間違いありません」

「プルニマ」とはネパール語で満月のことだ。ぼくは五年前の同じ満月の日に、ヒマラヤの谷間の村でおこったでき事をプルニマの父、ラチマンに語った。かれは驚いてぼくの顔を見つめ、

「言われてみると、あなたの顔はどことなくプルニマに似ていますね」

と言って家の中にいる夫人と娘を大声で呼んだ。

丈の短い白い布を腰から胸に巻きつけた夫人が、プルニマを抱いて家の中から姿を見せた。胸の上から肩や腕、足など肌の露出部分いちめんにびっしり青黒い入れ墨をした、おとなしそうな女性だった。隣近所の人たちや子どもたちも集まりだして、気がついたらおおぜいの人に取りかこまれていた。ラチマンはぼくには耳なれない言葉で夫人にぼくを紹介し、まわりのみんなに向かってぼくとの会話の内容を説明しているらしかった。あちこちから驚きの声があがった。

「この子がハゲワシにさらわれたぼくの娘だったら、右腿の内側にぼくと同じまるい痣があるはずなんです」

ラチマンの話が一段落したところで、ぼくは短パンの裾をあげて自分の五パイサ硬貨大の青痣をみんなにしめした。

「あっ!」

とプルニマの母親がさけんで、

「この子にもあるわ。同じところに同じものが。ハレ・ラーム、ハレ・クリシュナ!」

と感嘆の声をあげて、抱いているプルニマのスカートをたくしあげてみんなに見せた。あたりは騒然となり、思いがけず娘に再会できたぼくは茫然と立ちつくしていた。

六

その晩はプルニマの家に泊めてもらうことになった。日差しの強い屋外からせまい家の中に入ると、中はほとんどまっ暗だった。窓とも呼べない明かりとり、あるいは煙ぬきの小さな穴から、細い光がさしこんでいるだけだ。目がなれてくると、土間の床や土壁はきれいに塗りあげられているのがわかる。

部屋の隅には大きな甕や、土を塗りかためたつくりつけの貯蔵容器がならび、籾つきの米や小麦、粒状のトウモロコシなどが保存されている。村で管理している水車小屋で、必要に応じて脱穀したり粉に挽いたりするのだという。

ほかには家具もベッドも見あたらない、部屋の二カ所で火が焚かれていた。せまい台所のコーナーでは、夫人が夕食の支度をはじめ、別の片隅ではお姑さんが大きな容器を何段も積みかさねた焼酎《ラクシー》蒸留装置の、最上段の冷却水の取りかえ作業をしている。

屋根裏の梁に棒をわたした棚には稲藁のむしろ、穀物にまざった籾殻やゴミをとる「箕《ナングロ》」、皮のついたままのトウモロコシなどと一緒に、漁網や魚籠、魚を捕獲する罠（筌《うけ》）、魚を入れてかまどの上につるして燻製をつくる籠など、魚獲り関連の道具がいろいろ見られる。川に住む二枚貝やエビも常食にしているかれらは、伝統的な漁労民族でもあった。

台所のかまどの前に稲藁のむしろを広げ、ぼくたちは骨つきの鳩のあぶり肉を肴に、できたばかりの米焼酎を酌みかわしていた。アルコールに弱いぼくはほんの少しなめるように口にするだけだが、喉が焼けるような強い酒だ。ラチマンは平気でグラスをかさねている。

「あなたがプルニマの実の父親であることは間違いないでしょう。娘をあなたの家に連れ帰ることにも異存はありません。それがプルニマのためにも一番いいことだと思います。家内もほかのみんなもそれは納得しています。でも、わたしたちも長いあいだこの子を自分の娘のようにかわいがってきました。このまま遠くの村に連れていかれてそれっきり、というのではあまりにも悲しすぎます。プルニマだって寂しがるでしょう。まだ五歳で、今日までわたしたちを両親だと思って暮らしてきたんですから」

とラチマンがぼくに言った。

夫人は料理の手を動かしながら、目に涙をためて、そしてときどきラクシーをあおりながら黙って聞いている。かれらの気持ちは痛いほどぼくにもわかった。

「それで提案なのですが、わたしとあなたで『ミト』の契りを結んではどうでしょう? そうすればわたしたちもプルニマの親のままでいられるし、娘との縁が切れてしまうこともなくなりますから」
「ミト」とは異なる民族の男性同士の間で結ばれる「義兄弟」の契りのこと（女性同士の契りは「サギニ」と呼ばれる）で、契りを結んだ同士はたがいに「ミト」と呼びあうようになる。ミトの関係は生涯つづく重い関係で、それは個人間の関係にとどまらない。たがいの家族・親族はそれぞれの家族・親族とみなされ、それにふさわしいつきあいがはじまる。ぼくの父・母・息子・娘・兄弟・姉妹はミトにとっても父・母・息子・娘・兄弟・姉妹になり、たがいの妻は「ミティニ」と呼びあうようになる。

プルニマがぼくとスーリヤの娘にもどっても、ぼくのミト・ミティニもプルニマからは父・母と呼ばれ続け、親子のような関係はこれからもつづくことになる。

家のまわりや畑の畔に咲く**マリーゴールド**[18]などの花をつんで、糸に通して花輪をつくり、沙羅の葉っぱを縫いあわせた皿《タパラ》に赤い粉《アビル》をひとつまみ用意して、大急ぎで「ミト」の契りをむすぶ儀式の準備がすすめられた。

親戚らしい近所に住む年長者たちに教えられながら、向かいあって立つぼくとミトは、両腕を交差させてたがいのひたいに同時に赤粉を塗りつけながら、終生の友情を誓いあった。花輪を首にかけあい、赤粉を塗った一ルピー紙幣を交換する。このお札は使わずにとっておかなくてはならないという。

なにか記念になるものを贈りあうといい、とアドバイスする人がいて、ミティニが奥から出してきたま新しい縁なし帽《トピー》がぼくに贈られた。頭の大きなぼくにはサイズが小さすぎたが、友情の印だからありがたく頂戴しておこう。ぼくはザックをかきまわして、以前宿の泊まり客から買って持っていた日本製の小さな懐中電灯を贈ることにした。この村にも電気は通じていないので、懐中電灯は便利な文明の利器のひとつだ。

儀式の後、ささやかな宴がもよおされた。プルニマの本当の父親があらわれラチマンとミトの契りを結んだ、という噂はまたたく間に村じゅうに知れわたり、おおぜいの人たちが祝福にやって来て、お祭りのような騒ぎになってしまった。

夕食はこの国の国民的定食「ダル・バート・タルカリ」だったが、トウガラシと塩がかなり多めで、激辛料理にはなれているつもりのぼくも汗まみれになってしまった。ムスロ豆のダルスープ、白米のごはん、ジャガイモとカリフラワーのタルカリ、川魚の唐揚げ…。調理用の菜種油やスパイス類を含め、塩以外はすべてこの家の畑や水田、近くの川で採れたものばかりだった。

七

土間の片隅の床に乾いた稲藁を敷き、その上に洗いたてで日なたのにおいのするシーツをかぶせた寝床がぼくのために用意された。その上で寝袋にくるまると十分快適だったが、部屋の隅の竹籠に入れられたニワトリたちの鳴き声で、翌朝は早朝に起こされた。

朝のタライ平原は霧につつまれていた。家々のまわりはきれいに掃除され、掃かれたゴミは道の隅に集められる。ゴミといっても紙くずやプラスチックは見あたらず、藁くずやダッディの皮、魚籠の材料の削りかすくらいのもの。それに稲藁を加えて火をつけ、家ごとに小さな焚き火がたかれている。まわりにしゃがみこんで暖をとっている人びとは大きなショールを頭から巻きつけたり、毛糸の帽子をかぶったりしている。亜熱帯気候のタライ地方も、二月上旬のこの季節、朝は霧が晴れるまでけっこう冷えこむのである。

仲間に入れてもらおうとしたら、プルニマが笑顔を向けてだまって身体をずらして場所をあけてくれた。棒切れで灰をほじって、香ばしいかおりで焼けてきたトウモロコシの粒を見つけてはてのひらにのせて口にはこんでいる。プルニマは見つけた粒をつまみあげて、ぼくにも分けてくれた。しゃがみ込んだぼくのひざの上に腕をもたせかけているプルニマは、突然あらわれた異邦人の

「父親」に、すっかりなついてしまっている。霧が晴れるころ燃えつきた焚き火の灰は、畑にまかれて肥料になるということだ。

二〇戸あまりあるこの村の住人は、すべてミト・ミティニの家族や近い親族であることがわかってきた。二人の息子はそれぞれ結婚して両隣りに住んでいるし、嫁入りした娘も同じ村で夫の両親と一緒に暮らしていた。次つぎに紹介される近隣の人たちの名前と年齢、ミト・ミティニとの関係、すなわちぼくとの関係をノートに書きこんでいった。実際に会った人だけで八〇人を超え、男性を△、女性を〇、結婚を＝で示して系図のようなものを作っていったら、Ａ４サイズのノートの見開きにも書ききれないほどになってしまった。

一夜にして数十人の家族・親族ができ、あちこちの家から食事やお茶の招待を受けて、いそがしい数日間になった。

そんなある日の午後、ミト・ミティニ夫婦とその実子たちと一緒にプルニマを連れて、歩いて一時間ほどのところにある国道沿いのバザールへ出かけた。持ち帰ってスーリヤに見せ、こちらの家族にも残していくために、写真館で何枚かの記念写真をとることにしたのだ。売り払って旅費の足しにしてしまったので、何年も前からぼくはカメラを持っていなかった。

どれほどご馳走になり世話になっても、「ミト」になってしまった以上食事代や宿泊費は受けとってもらえそうもないので、ぼくはインド製の自転車を一台買ってミトの一家に贈らせてもらうことにした。未開通箇所で分断されているタライ平原横断道路を一歩はずれれば舗装道路はないが、山岳部とは違ってどこまでも平坦で、後部がリアカーのような荷台になった三輪自転車のリクシャーなら走れるような小径が通じているから、ここでは自転車が役にたつはずだ。

プルニマのためにバザールで中国製の運動靴も買った。彼女はこれまでずっとはだしで暮らしてきたのだが、岩だらけのなれない山道を歩くには靴があった方がいいだろう、とぼくは考えたのだ。

しかしバザールからの帰り道、買ったばかりの靴をはいて二、三〇分歩いただけでプルニマの両足には靴ずれができて、痛くて歩けなくなってしまった。靴をはいたことのなかった彼女の足指は地面をつかむように開ききっていて、せまい靴の中にとじこめることができなくなっていたのだ。しかたなく手に提げて持ちかえった運動靴は、村の同世代の誰ももらってくれなかったが、

「プルニマの思い出の品として、わが家で大事にとっておきますよ」

とミトのラチマンはなぐさめてくれた。

次の朝、プルニマとぼくはおおぜいの家族・親族に見送られて、タライの村を出発した。前の晩から準備されていた旅の安全を祈る花輪《マラ》をたくさん首にかけられながら、一年以内にはプルニ

マを連れてミティニのスーリヤもいっしょに、きっとまたもどって来ると約束させられた。

「ハゲワシの食い残し」と言ってプルニマをいじめていた少女たちも、実はみんな従姉《いとこ》たちだったのだが、涙をあふれさせながら彼女との別れを惜しんでいた。

タトパニ村にもどる予定だった日をだいぶすぎてしまっている。待っているスーリヤは心配し、腹をたてていることだろう。でも数日後には、思いがけない嬉しい再会の日が訪れるはずだ。マナカマナ女神への願掛けがかなったので、早々に「お礼参り」にもでかけなければならない。マナカマナ寺院はポカラとカトマンドゥをむすぶ道路沿いの村から歩いて三時間ほど登った尾根の上、**マナスル**[19]山群の南麓にある。

お礼参りをいつまでも怠っていると酷い祟りをもたらす、マナカマナは恐ろしい女神さまでもあるらしいのだ。


（第六話　完）

註

1 **婆羅門 brahman** インドのヴァルナ（種姓）制度で最高位の司祭階級。ネパール語ではバフンbahun。山のヒンドゥー parbate hindu と総称されるネパール語を母語とする人たちの中の最上位カースト。ネパールの総人口の約一三パーセントを占めている。

2 **ナーラーヤナ narayan（那羅延天）** ヒンドゥー教の三大神のひとつ、宇宙を維持する神ヴィシュヌの異名。ヴィシュヌ神については第七話・註参照。

3 **ツァンパ tsampa** チベット語で「麦こがし」のこと。鉄の平鍋で砂を熱して、それに大麦や燕麦などの粒を混ぜると砂の熱ではじける。鍋の中身をふるいにかけて砂を落とし、粉に挽いたツァンパはチベット系の人々の常食で、ネパール語では satu。欧米人の朝食に欠かせないオートミール（ポリッジ）の代用品として、燕麦のツァンパを粥状に煮て、ミルクと砂糖を添えて供したところ好評で、「ツァンパ・ポリッジ」は一九七〇年代のネパールのトレッキング街道の名物メニューになった。

4　**ローティ roti**　穀物の粉をこねて焼いたり揚げたりした広義のパン類の総称。狭義には全粒小麦粉を水だけでこねて、円盤状にのばして土窯(タンドール)やフライパンで焼いたものを指す。

5　**バイサーク baisakh 月**　ネパールの公式の暦は西暦紀元前五七年からはじまるビクラム暦bikram sambat。バイサーク月はビクラム暦の一二か月の第一番目の月で、西暦の四月の中ごろに新年がスタートする。

6　**腰機織り**　「古代織り」「原始機《ばた》」などともよばれ、グアテマラやペルーなど中南米諸国や、タイ、ミャンマー、ネパール、ブータンなどアジアの山地民族の間で、今日でも広く行なわれている。たて糸とよこ糸が交互に浮き沈みする「平織り」、たて糸を開口するための糸綜絖《そうこう》を三本備えた「斜文《しゃもん》織り」、さらに一定の目数ごとに斜めに出る糸目の方向を変えていく「杉綾織り」など、さまざまなバリエーションが見られる。

7　**パイサ paisa**　ネパールの貨幣単位。一ルピー＝一〇〇パイサ。一九七〇年代初頭の一ネパール・ルピー＝二五円ほどだったが、二〇二〇年代の現在、一ネパール・ルピー＝一円あまりになっている。

8 **トゥリスル trisul（三叉戟《さんさげき》）** シヴァ神の武器とされる三叉の鉾《ほこ》。シヴァ神自身をも表象し、シヴァ神を信仰する人たちも所持している。仏教図像学では仏（ブッダ）・法（ダルマ）・僧（サンガ）の三宝を表わすものと考えられている。

9 **ヒマラヤハゲワシ（・・禿鷲）himalayan griffon** タカ目、タカ科、ハゲワシ亜科。ネパール語でgiddha。タライ平原から標高六一〇〇メートルまで、広く生息している。胴体と翼は淡い黄白色、風切り羽と尾は濃い灰色。体長一一五〜一二五センチ。

10 **マナカマナ manakamana** マナカマナ女神はシヴァ神の妃神カーリーで、願いごとをかなえてくれる女神として人気がある。願いごとのかなった人はマナカマナ寺院にお礼参りに訪れ、いけにえの牡山羊（ボカ）などを捧げなければならない。

11 **タライ tarai** ヒマラヤ山脈最南端部に沿ってインドとの国境部に東西にのびる沼沢性低地。沙羅の木などの亜熱帯性樹林の密林におおわれ、トラ・ヒョウ・サイなどの野生動物の生息地として知られていた。

12 **タルー tharu 族**　ネパール南部、タライ平原の原住民。人種はいわゆるモンゴロイドとする説が有力で、固有の言語があったといわれるが、現在では周辺に住む人びとと同じ北インド系の言葉を話している。ネパールの総人口の約七パーセントを占めている。

13 **ムスロ musuro 豆**　レンズ豆。小豆よりやや小さく球状に近い、径三ミリくらいの豆。淡黄色あるいは橙色《だいだい》で、挽き割にしてダルスープをつくる。ダルに使われる豆はさまざまあり、ダル豆という名の豆があるわけではない。

14 **一角犀 eksinge gaida**　ウマ目（奇蹄目）、サイ科、インドサイ属。ネパールでは海抜一〇〇〜三〇〇メートルの森や草原、湿地に生息する。体高一七〇〜一八五センチ、体重一五〇〇〜二一〇〇キロ。鼻骨の上に皮膚が角化した角が一本あるが、温和な性質の草食動物。

15 **ダッディ dhaddi**　イネ科、チカラシバ属の多年草で、高さは四〜五メートルに達する。熱帯アフリカ原産で、英語名はエレファントグラス elephant grass。観光用に飼育されているアジアゾウの飼料としても欠かせない。

16

ペイズリー paisley　英国スコットランドの町の名で、一九世紀初頭の英領インド時代に、カシミール地方からもたらされたショールなどの織物に由来するこのデザインの布が、この町で量産され広まったことによってそうよばれるようになった。

17

ティハール tihar　ディワーリー diwari ともいわれる。ネパールの公式暦、ビクラム暦の第七月、カールティク月後の新月をはさんで五日間にわたって祝われる祭り。第一日目のカラスのティハールから、イヌ、牝牛、牡牛、そして兄弟のティハールと続き、それぞれの供犠（プージャ）が行われる。三日目の新月の日には家々に多くの灯明をともしてラクシュミー女神のプージャを行なう。

18

マリーゴールド marigold　ネパール語では sayapatri。キク科、コウオウソウ属の一～二年草。花は頂生で一重咲きと八重咲がある。色は黄～オレンジで花弁に茶褐色の模様のあるものもある。宗教的な祭礼にこの花はふんだんに使われ、折々につくられる花輪にも欠かせない。

19

マナスル manaslu　サンスクリット語で「霊魂の土地」の意。日本山岳会が登頂計画をすすめ、一九五二年の今西錦司らの偵察隊、五三年の三田幸夫らの第一次隊、村民に阻止された五四年の第二次隊に次いで、一九五六年の槇有恒率いる第三次隊が、初めての日本人による八〇〇〇メートル峰初登頂に成功した。

第七話　アプサラ——猿に嫁ぐ少女のはなし

一

当時ネパールのヒマラヤ南麓の村々には、民家はもとより小学校や保健所、郵便局などの公共施設にさえトイレというものは存在しなかった。誰もが近くの茂みや川原などで用をすませ、空き缶や空瓶に入れた少量の水で洗うか、水がなければ手の届くところにある木の葉や苔、石などで拭きとって後始末していた。排便後の水洗いは慣れてしまえば紙で拭きとるよりもずっと気持のいいものだ。

しかし街道を往き来する外国人旅行者が増え、ぼくたちの宿もトレッカー宿の様相を強めてくると、

「トイレ？　どこでも、お好きなところでどうぞ」

などといってすましているわけにもいかなくなってきた。朝になると宿の前庭にコロコロした糞《ふん》があったり、裏庭に軟便がちりばめられていたりする。なにを勘ちがいしたのか、支流の沢から飲料用炊事用、洗濯用沐浴用に引いている水路にまたがって排泄する客まであらわれた。宿の前の道をへだてた川側の、隣人の畑にある大きな岩の陰には、たくさんの糞便や後始末したトイレ紙があふれ、苦情を持ちこまれてしまった。

ぼくたちはトイレをつくることにした。

竹の樋で引かれた水場の排水は、レモンやミカンなどの果樹や野菜の畑になっている裏庭から、街道を横切って川側の三角形の小さな畑を通って、カリガンダキの川原に流れ落ちている。

この排水路の、川側の畑の崖に近いところをまたぐような位置にトイレをつくることになった。平石を敷きつめ、竹で編まれたマットで周囲をかこい、厚い麻布を吊るしたドアにはL字型の小さな木片を結んで、内側からロックできるようにする。

ドアの外側には板きれの表裏に「空き」「使用中」と英語とネパール語で書かれた札を吊りさげ、トイレに出入りするときにそれを裏返してもらうようにした。ドアに使われた麻布は、ラバの背に負われて町から運ばれてくる米袋を開いて縫いあわせたものだ。トイレの先の排水路にはU字型に曲げたブリキの板を埋めこんでつなぎ、崖の先に突きだして段丘のはるか下の川原に排水が落ちるようにした。ブリキ板はポーターの背に担がれて運ばれてきた、ランプ用の灯油が入っていた一八リットル缶を切りひらいたものだ。トイレ小屋の中には水で満たした一八リットル缶と、朝食メニューで人気のあるインド製のカラス麦のポリッジ（オートミール）の入っていた小さな空き缶がおかれている。使用後の排泄物を流し、尻や手を洗うためのものだ。持参のトイレットペーパーを使う人は流さずに備えつけの竹籠に捨てるように、という注意書も掲げられている。籠にたまった汚物のついた紙は、ほかのゴミと一緒に毎朝裏庭で焼却処分される。

外国人トレッカーが泊まる宿はしだいにトイレを備えるところが増えていったが、この「厠《かわや》」は街道一清潔で快適なトイレと評判になり、村の同業者たちが見学に来たこともあった。

二

スーリヤの姪、亡くなった姉の娘のアプサラは一六歳。いまではスーリヤ・ゲストハウスの看板娘だ。村の小学校に五年間通っただけだが、宿の仕事を手伝っているので泊まり客の英語や日本語の注文もおおむね理解でき、簡単な会話も交わせるようになっている。

目が大きくて鼻筋のとおった、肌の白い美しい少女に成長したが、森に入って薪あつめをしたり、崖によじ登って家畜の飼料を刈りあつめたりするのが好きな娘だ。しかし普段は笑顔を見せることもめったにない、おとなしすぎるほど物静かな少女だった。そこがまた神秘的に映るのか、泊まり客のあいだでは人気者だ。「ミス・カリガンダキ」などともてはやされて、彼女目あてにこの宿をめざしてきたり、長期滞在していったりする若者もいるほどだった。

妻に迎えて国に連れて帰りたい、などと本気で言いだす日本人客まであらわれた。王宮のある都のカトマンドゥはもとより、インド国境やカトマンドゥとバス道路で結ばれている最寄りの田舎町、ポカラも知らないアプサラにとって、日本がどんなところかなど想像もできないはずだ。しかしぼくのふるさとでもあり、欧米からの白人トレッカーにまじって訪れる日本人客も少なくないので、彼女にとって日本人はなじみの民族《ジャート》ではあった。

一〇歳以上の年齢差があるが、彼女に求婚したMさんはおだやかな好青年だった。キッチンの土間に敷かれた稲藁のむしろにアプサラとならんで座り、宿の仕事を楽しげに手伝っているMさんの姿がひんぱんに見られるようになっていた。あぐらをかいて座り、「チベッタン・ブレッド」とよんでいる重曹入り揚げパンの生地をこね、ローラーでまるく伸ばしているアプサラのとなりで、Mさんがゆでたジャガイモの皮むきをしていたりする。

娘のように育ててきた姪のアプサラが、遠く日本に嫁いでいくかもしれない、という思いがけない成りゆきを、スーリヤは喜んでいるようだった。しかしヒマラヤの谷間の村で野生児のまま成長してきた彼女が、日本に渡って日本人の妻となり母となっていくことに適応していけるとは、ぼくには思えなかった。

数週間滞在して、Mさんは泊まり客というより宿の無給ヘルパーのような立場にかわっていた。

かれは荷物の一部を宿に残して、カリガンダキ川に沿ってつづく街道をさらに北上する旅に出発した。早朝、小さな荷物を背負ってひとり旅立つMさんを、アプサラは道まで出て名残おしそうに見おくっていた。

三

Mさんが不在だった春のある日、ヒンドゥー教の聖地ムクティナートに向かうインド人行者《サドゥ》がゲストハウスの戸口に立った。外国人トレッカーの入域は許されていないが、ムクティナートはタトパニ村から徒歩で四日ほど川沿いにさかのぼったところにある。

クルタとよばれる丈の長い詰襟の上衣の下半身にドーティという長い木綿の一枚布を巻きつけた行者は、頭陀袋とひょうたん形をした真ちゅうの器を下げている。長くのびた髪は赤く、顔には灰が塗りたくられていて、額にはシヴァ神の武器、三叉戟《トゥリスル》を示すオレンジ色の三本線が縦に描かれている。毛布をのせた行者の肩には牡の**アカゲザル**[1]が、赤い首輪をつけてまるい目を大きく見はり、長い尻っぽを左右に揺らしながら乗っていた。

アプサラがひと握りの米をのせた皿を持って台所から出てきて、いつも旅の行者にしているように、かれの持つ頭陀袋にあけて喜捨する。施しで得た食糧を街道にある巡礼者のための無人の石小屋《タンティ》で煮炊きし、宿泊をかさねながらかれは旅をつづけているのだ。

アプサラが合掌して額に行者から祝福の印《ティカ》を受けていたとき、筒状に縫いあわされたルンギをはいている彼女の腹のあたりに、突然行者の肩からアカゲザルが飛びつき、歯ぐきをむき出して、

「キーッ！　キーッ！」

とかん高く叫びながらしがみついた。

「あれえ！　やめてよ」

と叫び声をあげながら、アプサラは戸口の内側の食堂になっている部屋に倒れこんだ。両手を床について振りはらおうとするが、アカゲザルはますますたけり狂ってしがみつき、肩車されるようにアプサラの肩によじ登って、髪の毛をつかんで離れようとしない。

麻のじゅうたんを敷きつめて座卓をならべた、靴を脱いで床に座る方式になっている食堂で、泊まり客とおしゃべりしていたぼくはあわてて飛んでいって、引きずり倒されそうになって身体を反らせているアプサラからアカゲザルを引きはなそうとした。しかし猿は威嚇するような眼で

ぼくをにらみつけ、アプサラの頭にしがみついている。居合わせた泊まり客たちもどうしていいか分からず、あっけにとられて様子を見ているばかりだった。

半分おもしろがっているのか、かすかにうす笑いをうかべた行者が、

「こっちにおいで」

とヒンディー語で叱りつけると、ようやくアカゲザルはアプサラから離れて行者の肩に飛びうつった。

「ナーラーヤナ」

捨てぜりふなのかため息なのか、あるいは祝福の言葉なのか、行者は**ヴィシュヌ神**[2]の異名をとなえて合掌すると、なにごともなかったように立ちさっていった。

照れ笑いを浮かべて立ちあがったアプサラが上半身に着ているチョロの、肩のあたりが裂けていて、ひっかき傷からわずかに血がにじんでいる。

「なんていたずら者の猿だこと。はやく着がえていらっしゃい」

台所から駆けつけたスーリヤが、アプサラの肩をだいていまいましそうに言った。しかしアカゲザルがそんな悪さをするのは珍しいことでもないのか、さほど気にとめていない様子で、アプサラは笑顔で台所へ走りさって行った。

四

その日の夕方。ゲストハウスの客たちに出す食事の準備にいそがしい時間に、道をへだてたトイレ小屋から悲鳴がきこえ、中からアプサラが飛びだしてきた。裏庭から台所に駆けこみ、土間に敷かれたむしろの上にべったりとへたり込んで、真っ青な顔をして歯の根もあわずふるえている。

「どうしたの。厠《かわや》になにかいたの?」

と、大きな鍋ややかんの乗った三つ口のあるかまどの前に立つスーリヤが尋ねた。しかし細長く切ったヤギ肉を吊るして干し肉を作っているかまどの上あたりにぼんやり目をやって、口を半開きにしたまま息を荒らげているアプサラは、放心状態で言葉を発することもできない。コップにくんだ水を飲ませるとようやく少し落ちついて、蒼ざめていた顔にもいつもの朱《あか》みがさしてきた。

ただごとではないと察したスーリヤはアプサラを立ちあがらせ、背中に手をあてててささえるようにしながら、ぼくたちの寝室兼物置になっているとなりの部屋に連れていき、ベッドに横たわらせた。

米や小麦粉、ジャガイモ、タマネギ、トウモロコシ、シコクビエなどの食糧の入った籠や、衣類を詰めこんだ大きな木櫃《きひつ》、現金やぼくの旅券などの貴重品の入った金庫代りのブリキ製のトランクなどが、所せましとならんだ隅にベッドが置かれている。昼でも薄暗い日当たりの悪い部屋だ。

「眠ったわ」

二〇分ほどして台所にもどって来たスーリヤが言った。アプサラが涙を浮かべて興奮気味に語ったという話を、夕食の注文が一段落してからスーリヤがぼくにこっそり伝えてくれた。

アプサラが厠の中の水路にまたがって用をたそうとしていたとき、突然股間に刺すような痛みを感じ、水路を流れてきた朱《あか》く塗られた矢が彼女の陰部につき刺さっていることに気づいた。あわてて矢を引きぬいて竹で編まれた囲いに投げつけると、矢はたちまちアカゲザルに変身して、水路のブリキの樋《とい》の上を走り、つる植物や灌木の茂った切りたった崖をつたって、十数メートル下のカリガンダキの川原へ逃げ去っていった。赤い首輪をつけていたので、昼間行者につれられてきてアプサラに抱きついたあの牡猿に違いなかった。大きな外傷は負っていなかったが、アプサラが身につけていたルンギには血痕がついていたという。

「白昼夢でも見たのかしら？　すっかりおびえて、なにかに憑かれたような様子でわけの分からないことばかり言っているのよ」

スーリヤにはアプサラの話を真に受けている様子はなく、さほど深刻に受けとってはいないようだった。対岸の崖の上に月がのぼる前の星空のなか、ぼくは手さげランプを持って厠にいってみたが、アプサラがアカゲザルに襲われた痕跡はなにも見つけることができなかった。

それからのアプサラは食欲もなく、遠くを見つめるような眼をして、夢の中に漂っているようにぼんやりしていることが多くなっていた。しかししばらくはなにごとも起こらず、二階の二部屋に一五人分の寝床を敷きつめたドミトリーは満室に近い状態が続いていて、にぎやかでいそがしい平穏な日々がすぎていった。

五

アプサラがトイレでアカゲザルに襲われた騒ぎがあってから一〇日ほどすぎた深夜、となりの食堂部屋から夢にうなされているような、苦しげなあえぎ声が聞こえてきた。食堂にはアプサラや彼女の従妹《いとこ》にあたる娘のプルニマ、祖母であるスーリヤの母が寝ている。横で寝ているスーリヤを起こさないように、物置兼用になっている寝室のベッドからそっと起きだして、ぼくはランプに灯をともして様子を見にいった。

枕をならべている三人のうち、プルニマと義母はやすらかな寝息をたてて熟睡しているが、一番奥に寝ているアプサラの、石臼をまわして豆を挽く音のような低いうなり声がきこえている。ランプをかざしてみると、アプサラは行儀よく仰向けになってあごの下まで毛布をかけているが、眉間に皺をよせて顔をゆがめ、荒い息遣いをして言葉にならないあえぐような声をあげていた。アプサラの胸の上になにか黒いかたまりがのっているように見えたので、さらに近よって灯りを近づけると、アカゲザルが置物のようにじっと座っているのだった。

びっくりして息がつまり、声を上げることもできなかった。赤い首輪をつけているから、あのときの牡猿にちがいない。アカゲザルはあわてた様子もなく、大きな目を見ひらいて悠々とぼくをにらみつけているばかりで、逃げようとも攻撃してこようともしない。アプサラは目をとじたままだが、口は半開きにして苦しそうにもがくような声をあげている。金縛りにあって、助けを求めてさけびだしたいのに自由にならないようにも見える。ひたいには汗をびっしょりかいていて、頬が桜色に上気している。猿に乗られて圧迫されている胸が、激しい息づかいで上下にゆれているのが分かった。

アプサラは目を開くことも、身体を動かすこともできないようだった。しかしなにか恐ろしい夢を見てうなされているのだとしたら、そして目をさまして現実にアカゲザルが胸の上にのっているのを見たら、彼女のショックはいっそう大きなものになるだろう。アプサラが目を開くまえに、そしてほかのふたりも熟睡しているあいだに、この猿を追いはらってしまおうとぼくは考えた。道に面した前庭側にある内側にひらく観音開きの板窓をそっと開いた。あかるい月光がさしこみ、カリガンダキの川音が大きくきこえてきた。

ここから出ていってくれ、と祈るような気持ちで手まねきすると、アカゲザルは思いのほか素直に身をひるがえし、窓にとび移ると前庭におり立って、石垣のむこうの畑に走りさっていった。窓をしめてロックし、アプサラを見るともううなされることもなく、かすかにほほ笑んでいるような表情を浮かべてすやすやと寝息をたてていた。

翌朝になっても、前夜目にしたことをぼくはだれにも話さなかった。アプサラもなにごともなかったかのようにふるまっているが、顔色は青ざめ元気がないように見えた。その後は猿があらわれる気配はなかったが、アプサラは日に日に痩せやつれて、青白い陰を帯びた透きとおるような皮膚はいっそう美しさをまし、息をのむほどだった。

「おれ、アプサラに嫌われてしまったようなんですよ」

郡の役所があり、ネパール王国軍の駐屯地にもなっているジョムソン村まで行って、数日前にもどってきているMさんがぼくとスーリヤに言った。チベット国境と境を接している、その先の奥《アッパー》ムスタン地域には、中国軍に追われたチベット人の武装難民ゲリラがひそんでいて、外国人トレッカーは入域をゆるされていない。

「上からもどってきたら、すっかりよそよそしくなってしまって、日本になんか行きたくないからわたしのことはもう忘れて、なんて言うんですよ。彼女を怒らせるようなこと、なにもしてないはずなんだけどなあ。以前はあんなに嬉しそうだったのに、すっかり態度がかわってしまっていて……」

Mさんは憔悴しきっている。

「折を見てアプサラの気持、訊いてみるわ。彼女はまだ若いし、いろいろ不安なんだとは思うけれど、やっぱりここの山の暮らしの方がアプサラには合っているようにわたしも思うし……」

本人以上にMさんとの結婚やアプサラが日本に行くことに乗り気だったはずのスーリヤは、意外なそっけなさでMさんをつき離す。

「村に誰か好きなヒトができたみたいなのよ、Mさんには可哀そうだけど。このごろアプサラの様子がおかしくなっていることに、あなた気づいていないの？」

Mさんがその場を去ってから、スーリヤがぼくに言った。

六

スーリヤ・ゲストハウスから五分ほど街道を北へ上ったあたりに、二軒の商店と三軒の宿が軒をつらねるバザールがある。間口のせまい小さな店が二軒しかなくても、街道からそれた一軒の店もない周辺の村々からおおぜいの人びとが生活用品を買いにやってくる、にぎやかな「バザール」なのである。バザールの裏手の、小さな標識のたつ小径を下った先のカリガンダキの川原に六人ほどが同時に入れる、岩を積んだ露天風呂がある。脇には石畳の洗い場もつくられていて、いつもにぎわっている。このタトパニ村がトレッカーに人気で、一〇〇人たらずの村の人口を上まわる数の外国人が滞在している日も少なくないのは、旅の汗を流してのんびりつかれるこの温泉《タトパニ》があるからだ。

これとは別に、スーリヤ・ゲストハウスのやや下流、村に唯一か所だけある水田の縁から崖を下った先の、道も標識もない川原の大きな岩陰にも小さな湯だまりがある。地元の人しか知らない、知らなければおそらく行き着くこともできない、ふたりで入るのがやっとという広さのこの湯がぼくたちの行きつけの温泉だった。めったに人に会うこともない、スーリヤと出会ったころよく通った思い出の逢引《あいびき》の場所でもあった。目の前で轟音を立ててしぶきを上げるカリガンダキの対岸には切りたった崖がせまり、北にはニルギリ峰、南には見あげる高さに長いつり橋が見える。背中の両脇に大きな荷を背おったラバの隊列が、ときおり鈴の音をならしながらつり橋を渡っていく。絶景の秘湯なのである。

滞在客の昼食の注文も一段落して、今夜の泊まり客の到着には間のある午後、ぼくはアプサラと連れだって湯に浸かりにいった。数年前までは裸でかけまわっていたアプサラだが、胸の上までおおうようにしてルンギを巻きつけ、長い髪を巻きあげてMさんから贈られたというオレンジ色の髪留めでとめて湯に浸かっている。しなやかな曲線をえがくうなじや胸もとは、すっかり成熟してまぶしいほどに大人びてきている。この土地の作法にしたがって、ぼくもパンツをはいての入浴だ。

先に湯からあがったアプサラが、岩陰で乾いた衣服に着がえる。ぬれたルンギを川の水で洗って陽のあたっている岩の上に広げて干してから、タオルに石けんをつけてぼくの背中を洗ってくれていた。

数メートル先の緑の苔におおわれた崖下のおおきな岩の上に、あの首輪をつけたアカゲザルが座ってこちらを見つめているのにぼくは気づいた。小石をひろって投げ、猿を追いはらおうとすると、

「やめて、父さん！　なにもしないから。そのままそこにいさせてあげて」

とアプサラがきつい口調で制した。

アプサラは彼女の「母の妹の夫」にあたるぼくを、かれらの親族呼称法にしたがって「父《ブワ》」と呼んでいる。ぼくたちふたりの関係は「父と娘」の関係に準ずるもので、「姉の夫《ビナズ》と妻の妹《サリ》」の関係のような、ふざけあったり、からかい戯れあったりしてもいい関係ではない。親族関係には、それぞれそれにふさわしい関係、付きあい方というものがある。だからぼくがアプサラとふたりきりでひと気のない秘湯に出かけていっても、スーリヤがヤキモチを焼いたり心配したりすることもないし、他人に見られてヘンな噂をたてられるのでは、と恐れる必要もないのだった。

アカゲザルはじっと動かずにこちらの様子をうかがいつづけている。アプサラが猿の方を見ながら言った。

「いつかの晩、寝ているわたしの上に乗ったかれを追いはらってくれたことがあるでしょう？　あのとき父さんがランプを下げてわたしを助けにきてくれたのを知っていたんだけど、どうしても

うめき声しか出なかったのが、自分でもわかっていたの。かれが窓から出ていってしまったあと、すぐに正気に返ったんだけど、お祖母《ばあ》ちゃんやプルニマも隣で眠っていたし、はずかしくてわたしもそのまま寝たふりをしていたの」

アプサラはアカゲザルを「かれ」と呼んでいることに気づいているのかどうか、じっとこちらを見ている猿を恐れる様子もなく話しつづけた。

七

「あの晩わたしは不思議な夢を見ていたの。夢にしてははっきりしすぎていて、どこまでが夢でどこからが夢でないのか区別がつかなかったわ。かれがわたしの胸の上に乗って『アプサラ、どうかおれの思いをかなえておくれ。お願いだから山へ行って一緒に暮らしておくれ。けっしておまえを粗末にはしないから』なんて言いながら拝むように合掌して、涙を流しているの。かと思うと、『もし承知してくれなかったら、一生怨みつづけて、おまえの恋路を邪魔してやる。おまえと結婚しようとする男には祟ってやる。そしておまえからは決して離れないからな』なんて脅したりもするの」

アプサラの話に耳を傾けるようにじっとこちらを見ている猿に、目くばせするような表情を浮かべでアプサラはつづけた。

「でも、手荒なことをするわけではなくて、頭を垂れて懇願するような口調だったわ。確かにかれはわたしの胸の上に乗っていて、夢ではないような気もしていたし、となりにはお祖母《ばあ》ちゃんやプルニマが寝ていることも、はじめから分かっていたような気もするの。父さんがランプを下げてあらわれたとき本当は、邪魔しに来ないで父さん、って叫びたかったくらいだったの。だってかれがわたしの上に乗っているのが、嬉しかったんですもの」

ぼくはアプサラがいまではこの猿を恐れていないどころか、親しみとも好意ともつかない気持さえ抱いていることに気づかされていた。

「わたし、あの日からずっとこのアカゲザルに見こまれてしまっているの。誰も知らないことなんだけど、毎日毎日かれはわたしの前に姿を見せてくれているのよ。一日だってかれがあらわれない日はなかったわ。宿で使う紅茶やネスカフェ（インスタント・コーヒー）をバザールまで買いに行ったときも、トウモロコシの粉を挽きに水車小屋に行ったときも、大雨の翌日に薪にする流木を集めにカリガンダキの川原に行ったときも、壁土に混ぜる牛糞を集めに行ったときも、いつでもかれは姿を見せたわ。ほかの人といっしょのときでも、なぜか気づくのはわたしだけで、みんなには見えていないらしいの。いまだって父さんが気づいたので、わたしの方がびっくりしているくらいだわ」

アプサラの話しっぷりは、むしろ楽しげなものだった。

「わたしはかれといるときがいちばん幸せなの。かれが姿を見せないと心配になって、わたしの方から森や川原に出かけて行って、かれを探してしまっているくらいなの、いまでは」

アプサラは親しみや好意をいだいているどころか、この猿に恋してしまっている。スーリヤの言っていた、アプサラが好きになった相手はこのアカゲザルだったのか。

「夜になってみんなが寝しずまると、戸や窓はどこも内側からロックしてあるはずなのに、かれは毎晩やって来てわたしの身体に乗って話をするの。『おまえはMさんと結婚して日本へ行くつもりなんだろう？　そんなことをしたらMさんに祟ってヤツの寿命をちぢめてしまうよ。ヤツを大切に思うんなら、どうかおれのいうことをきいておくれ』とも言っていたわ。かれはなんでも知っているのよ」

熱い湯からあがったばかりなのに背筋が冷たくなるのを感じて、

「そういうことなら、みんなに話してあの猿を捕まえて、殺してしまうしかないなあ。アプサラはMさんと結婚して日本に行きたいんだろう?」

とぼくが言うと、アプサラはあきれたような驚きの表情を浮かべ、キッとぼくをにらみつけて言った。

「スーリヤ母さんを選んだ父さんからそんな言葉を聞かされるなんて、考えてもみなかったわ。わたしはかれの言うとおりにするつもりよ。かれとならどんな暮らしでもやっていけると思うし、かれのいない人生なんて、わたしにはもう考えられないんだもの。Mさんはいい人で、日本はいい所かもしれないけど、そんなことはわたしにはなんの関係もないことなの。それにかれはただのアカゲザルではないのよ。生きていてもすべてお見通しだというのに、殺したりしたら父さんたちにもどんな怨念の祟りがあるか、想像もできないわ」

スーリヤを伴侶に選んだぼくとはまったく別の話だと思うのだが、アプサラはすっかりアカゲザルの魔力に取り憑かれてしまっていて、ぼくの話など聞く耳を持たなかった。

「スーリヤ母さんはもう気づいているかもしれないけど、わたしのおなかにはかれの赤ちゃんができているの」

とアプサラに告げられたとき、その事実にいままで気づいていなかった自分の迂闊《うかつ》さに思いあたった。

経血の穢れを忌むこの社会では、生理期間中の女性はみんなの食物を煮炊きするかまどに近づくことも、飲料水の壺に触れることもできない、一時的な不可触状態に置かれることになる。数年前にアプサラに初潮が訪れたとき以来、毎月数日間、彼女はかまどから離れた台所の入口あたりに座って、炊事仕事を注意深く避けているのをぼくは目にしてきた。ところがスーリヤがかまど前に立たなくなった月の半ばになっても、今月はアプサラがずっと台所を仕切って料理番をつづけていたのだ。

厠を流れてきた朱《あか》い矢がアプサラの陰部に突き刺さったというあの晩、彼女には新しい生命がすでに宿っていたのかもしれない。

ぼくたちのやり取りをうかがっていたはずのアカゲザルは、いつの間にか姿を消していた。岩の上に干してすっかり乾いているルンギや下着をたたんで入浴セットの入った籠に入れ、ぼくたちは家路についた。

アプサラの話に打ちのめされて、ぼくは彼女の後ろから急な崖道をのぼって行った。目の前を軽快に歩くゴム草履をはいたアプサラのふくらはぎが、産毛《うぶげ》というには長くて濃すぎる、褐色の毛におおわれているのが目に入った。

八

次の朝、アプサラの姿は消えていた。村の家々をまわってたずねたが、彼女を見かけた人はいなかった。その次の日には、カリガンダキが蛇行して淵になっている所や、切りたった崖に刻まれた道の下の茂みなど、事故が起きそうな場所を村じゅう総出で捜索してくれたが、なんの手がかりもえられなかった。

「アプサラがいなくなったのは、おれのせいかもしれません」

その晩、Mさんが深刻な面持ちでぼくに言った。

「いなくなった前の夜、彼女を水車小屋に呼びだして、結婚していっしょに日本で暮らしてほしい、ともういちど頼んでみたんです。でもどうしても嫌だといって、理由をきいても答えてくれませんでした。おれは我慢できなくなって、思わず彼女に抱きついてその場に倒れこみました。彼女も受け入れてくれていたと思っていたのです。身体を離して並んで横たわっていたときにふと見ると、アプサラははだけた服を直そうともしないで仰向けになったまま、見開いた目から涙をあふれさせていました。話しかけてもひと言も口をきいてくれませんでした。……」

「いなくなったのはMさんのせいではないと思いますよ」

とぼくはこたえたが、アカゲザルの件を話すことはできなかった。

一週間がすぎても、アプサラの消息はなにもつかめなかった。失意のMさんはひとりポカラへと帰っていった。


街道の北、徒歩一時間ほどのところに、長い髪を頭の上に巻きつけた婆羅門行者が庵を結んで独居している。ぼくたちのかかりつけの占い師であり、まじない医であるその老人を、ぼくはスーリヤとふたりで訪ねた。いつものようにぼくがひとつまみの米を皿の上におくと、老人はその米粒を数えたりいくつかのかたまりに分けたりしながら口の中で呪文をとなえている。アプサラを幼いころから知っている婆羅門老人は、

「あっ！」

と小さな声をあげて、

「ガンガージーの崖の上に、糞ひり場をつくったじゃろう」

と言った。ガンジス川の支流のひとつであるカリガンダキ川を、老人は敬意と親しみをこめて「ガンガーさま《ジー》」と呼ぶ。

「ちょうどあの厠の下の川原の岩壁の洞窟に、**猿神ハヌマン**[3]を祀った古い祠があるのじゃよ。いま

ではお供物を供える人も、まわりを掃除する人もいなくなっているが、そこへ毎日大量の糞尿をふりかけたので、アプサラは猿神《ハヌマン》の祟りをうけてしまったのじゃ。もうもどっては来られんじゃろう、あんたらの元には」

ぼくたちは自慢の厠をただちに廃棄して、裏庭の畑の隅に大きな穴を掘り、竹を組んで足場をわたして、あらたに溜めこみ式のトイレをつくりなおした。川原のハヌマン神の祠跡はきれいに掃除して水や果物を供え、婆羅門老人に浄めの儀式《プージャ》をしてもらった。

ポカラの湖畔の宿で、トレッキング帰りの日本人旅行者が首を吊って自殺した、という噂がきこえてきたのはそれから数日ほど後のことだった。

アプサラがMさんからプレゼントされたものとよく似たオレンジ色の髪留めをした女性に、ぼくはタトパニ村のバザールで出会った。街道からはずれた急峻な山道を一時間ほどのぼった山腹にある、ブルン村から買物に来たというその女性は、村のさらに上にひろがる森へ薪をあつめにいったときにその髪留めをひろったのだという。

「その森で、アカゲザルを見かけなかった?」

ときいてみたら、

「森には人間の何倍もの数のアカゲザルがいるわ。夏になると畑のトウモロコシを食べに、群れをなしてブルン村へ下りてくるのよ」

と女性が言った。

溜めこみ式の新しいトイレからは悪臭がただよい、その年の夏はハエが例年よりも多いように感じられた。トウモロコシの実る季節になったら、まだ行ったことのないブルン村へ行ってみよう、とぼくは思った。

（第七話　完）

註

1 アカゲザル（赤毛猿）rato bandar　ニホンザルと同じ霊長目、オナガザル科、マカク属の猿。タライ平原の低地から海抜二七五〇メートルまでの森林や寺院等に広く生息している。体長は四四～六八センチ。体重は四・六～一二キロ。顔と尻は赤く発情期には雌雄ともにその赤みが濃くなる。体毛は赤褐色、腹部は白い。尻尾の短いニホンザルと違って、二五～四〇センチ近くある長い尻尾をもっている。

2 ヴィシュヌ visnu 神　ヒンドゥー教の三大神の一つ。宇宙を創造するブラフマー brahma（梵天）、破壊するシヴァ shiva とともに宇宙を維持する神とされる。ラクシュミー laksmi（吉祥天）を妻とし、巨鳥ガルーダ garuda（迦楼羅《かるら》・金翅鳥《こんじちょう》）に乗り、チャクラ chakra（円盤）を武器にもつ。種々に化身して地上に現れ、正義を回復して悪魔に苦しめられる生類を救うとされ、千の異名があるといわれている。代表的な一〇化身は、魚・亀・野猪・人獅子・侏儒《しゅじゅ》・パラシュラーマ parasurama・ラーマ rama・クリシュナ krishna・ブッダ buddha（仏陀）そして未来に現れるカルキ kalki。なかでもラーマとその妃シータ sita、クリシュナとその妃ラーダ radha は熱烈な崇拝を受けている。

3

ハヌマン hanuman ヒンドゥー教の猿神。ヒンドゥー神話はハヌマンの父は風神ヴァーユ、母は天女アプサラと伝えている。ハヌマンは叙事詩「ラーマーヤナ ramayana」の主要登場人物で、ラーマ王子を助けて南海の島ランカーの羅刹 raksasa 王ラーヴァナ ravana と戦い大活躍する。広く民衆に愛され、崇拝されている。「西遊記」で三蔵法師を助ける孫悟空や、「桃太郎」の家来になる猿との関連も指摘されている。

第八話　ピチャース――妻の死霊と一夜をともにするはなし

一

カリガンダキ川にかかるつり橋は新しい、より長いものにかわっていた。以前あった橋の痕跡をしめすさびついた金具のついたコンクリートの残骸が、ややひくい位置に残っている。真北にそびえるニルギリ峰や川の両側にせまる褐色の谷や緑の尾根は見なれた姿で迎えてくれたが、橋の下でしぶきをあげているカリガンダキの流れはすっかりその姿をかえていた。村の対岸の崖が大きくくずれて無数の岩塊が川原へ押しだしていて、川は西側に蛇行している。橋のたもとから村へと向かう道のあったあたりは川原になり、道ぞいにあったはずの数軒の家も姿を消している。殺風景な角のとがった大きな石の堆積のあいだに、山側を迂回して高巻く新しい道がつくられていた。

四年あまり前の雨季のはじまる季節に、ぼくは妻のスーリヤを残してこの村から追いたてられた。カリガンダキ川最上流部の、中国領チベットと国境を接する奥《アッパー》ムスタン地方にひそむ武装したチベット難民ゲリラを掃討するために、ネパール王国軍が出動し**局地的な戦闘**[1]がおこったのだ。

ムスタン郡の最南端部に位置する**タトパニ村**[2]も外国人の入域が禁止され、トレッカーの姿が消えてしまった。そして北隣りのダナ村にある警察署から顔見知りの署長がやって来て、ぼく自身にも村からの退去命令が伝えられた。

禁止区域に含まれないカリガンダキ川対岸下流にある、スーリヤの親族の住む農家に部屋を借りてしばらく様子をうかがったが、戦闘はさらに拡大・長期化して、やがてポカラを起点とするトレッキングが全面禁止になってしまった。

カトマンドゥに出て間借り生活をしてみたり、日本からきた学術調査隊の、現地やといの通訳隊員の仕事をさせてもらったり、ネパール国内のほかの地域やインド各地を歩きまわったりしながら解禁の日を待った。しかし戦闘は長びき、スーリヤの待つダウラギリ県や隣接するガンダキ県一帯の外国人入域禁止措置はいつ果てるともなく続いた。乏しいたくわえもつき、ぼくは単身日本に帰国するしかなかった。

ヒマラヤ山岳地帯の戦闘はその後ほどなく終結し、トレッキングはふたたび解禁されていた。しかしネパールにもどってくるための資金をえるために、という口実でぼくは日本でうかうかと歳月をすごしてしまっていたのだった。

二

何週間もかかり、ときには届かないこともあるスーリヤとの手紙のやりとりは、もう何年もとだえている。国境地帯の戦闘は終結していたが、その後地球温暖化の影響でヒマラヤの氷河湖が決壊して、カリガンダキ川下流の村々が土石流におそわれた。そして土砂くずれでせき止められた川が逆流して、川沿いの街道は天然のダム湖にのみ込まれて寸断されてしまった。そんな話をひさしぶりにもどってきたカトマンドゥでぼくは耳にしていた。

崖っぷちの高い位置に新たにきざまれた道をたどる。眼下に見おろせるはずの段丘上の水田はくずれ落ち、荒れはてた川原になっていた。ぼくたちの家はそのすこし上手の岩陰にあるはずなのだが…。

道は下りはじめ、ちょうどわが家の裏庭の先で以前からの街道に合流するようになっている。宿の看板ははずされているが、石積みの二階家はもとのままの姿で無傷で残っていた。夕闇がせまっていたが観音開きの小さな板戸に錠はおろされておらず、押し開くと奥の台所で物音がして人の気配がある。ホッとして身をかがめて戸をくぐり、

「帰ったよ!」

と声をかけると、

「だれ？」

沈んではいたがまぎれもないスーリヤのなつかしい声がきこえた。

戸口にあらわれたスーリヤは、長い歳月がすぎているはずなのにはじめて会ったころの彼女と変わらない若く美しい輝くような笑顔をくしゃくしゃにして、嬉しい驚きでわれを忘れてぼくに抱きつき、激しく唇をもとめて涙をあふれさせた。

抱きあったままもつれるようにして入った室内は荒れていて、饐《す》えたようなかび臭いにおいがした。ほかには誰もいないらしい。見なれた台所のすみのかまどに薪がくべられ、小さな紅い炎が燃えあがった。

帰ってくるのがこんなに遅くなってしまった言いわけを、ぼくはまくしたてていた。スーリヤはぼくの日本での話には関心がないのか、何年も帰ってこなかったことをとがめることもなく、かといって村の生活では大金といえる金を日本で稼いできたことを喜んでいるふうでもなく、だまって上目づかいのうるんだ目でぼくを見つめながら話をきいていた。

ぼくが村を去って以来、外国人トレッカーはもとよりムクティナートへの巡礼者の往き来も途絶え、かわって武器を携えた軍隊のグループがいく組もやってきて飲み食いし、宿泊していくようになったという。しかし国王陛下の軍隊がお国のために戦いに行くのだから、と飲食・宿泊費を支払わず、ふみ倒されることも少なくなかった。スーリヤに言いよってくる兵士もひとりやふたりではなく、娘のプルニマや召使いの少女が乱暴されそうになったこともあった。

宿の使用人たちはつぎつぎに去っていき、プルニマはタライ平原から様子を見に訪ねてくれたタルー族の義父《ミトブワ》のラチマンに引きとってもらって、避難させることになった。

「わたしも一緒に逃げようと誘われたんだけど、帰ってくるあなたを待たずにここを離れるわけにはいかないと思って…」

スーリヤはぼくのひざに頭をうずめて泣きくずれた。

室内には食糧といえるものはほとんど見あたらなかった。ザックに携帯用に持っていた干し飯《いい》「**チウラ**」[3]をぼくは取りだし、やぶれかけた竹籠にわずかに残っていた黒大豆を入れてスーリヤが作った汁をかけて、ふたりで粗末な夕食をすませた。

「明日は米を買って来よう。ニワトリも一羽手にいれてつぶして、…」

ぼくはつとめてあかるく言って、腹巻きポーチに詰まっている一〇〇〇ルピー札の分厚い束を自慢げに取りだして見せた。

「また使用人を何人も雇って宿を再開しようよ。いっそのことポカラの湖の近くに土地を買って、もっと大きなホテルをはじめるのもいいかなぁ。資金はたっぷりあるから」

「そんなことよりわたしは、こうしてあなたにまた会えたことが幸せなの。ほんの束の間でも」

「ほんの束の間、だって？　もう二度と別れることはないんだよ。どんなことがあってもこれからは、いつまでも一緒だよ」

長いあいだスーリヤを放っておいて苦労させてしまったことを申し訳なく思い、ぼくは本心から言った。

わずかに開いた唇から洩れる吐息は激しい喘ぎにかわっていく。ぼくの背中に爪をたてながら昇りつめていくスーリヤの様子は、穏やかな愛に満たされていた往年の日々をよみがえらせる。

スーリヤのなつかしい下腹部にはどうしたわけか陰毛がなく、つるりとした濡れた股間がロウソクの薄明かりに光っていた。ひさしぶりの再会だったとはいえ、くりかえし交わりを求めてくるスーリヤの度をこしたひたむきさにぼくは辟易《へきえき》し、かすかな違和感をおぼえてもいた。

三

ほほに冷たいものを感じて目をさますと夜はすっかりあけていて、さやさやと風にゆれて草がすれあうような音がきこえていた。カリガンダキ川の対岸の崖がせまる谷底の村にまだ陽はさしていないが、有明の月が真上にうかんでいる。屋根がないのだ。ひび割れくずれ落ちた石壁のむこうには、二メートル近い高さに育った大麻草が茂っている。戸や窓も枠だけしか残っていない廃墟に、ぼくは横たわっていた。

やぶれた竹籠に入っていたのは黒大豆ではなく、ネズミの糞だった。抱きあって寝ていたはずのスーリヤは、長い髪のついたまま白骨化した腐乱死体だった。頭蓋骨の目があった穴には無数のウジ虫がうごめいている。ぼくは脱ぎちらかしてあったシャツやパンツをふるえながら身につけ、こけつまろびつ廃屋からとび出していた。

街道を北へ走ると、飛び石づたいに渡る支流の**ガッタ**[4]川の向こう岸に見なれない石積みの新しい家があった。以前石臼をまわす水車小屋のあったところだ。

息をととのえて声をかけると、中から赤ん坊を腰にのせて横抱きにした女性が顔をだして合掌し、

「どこからいらしたの?」

と見しらぬ来訪者にするあいさつをした。

「ガッタ川の手前の廃屋に以前住んでいた者なんだけど、いつからあんな状態になっているのですか？」

「え？　あなたが…。わたしたちは洪水のあと道や橋が復旧してからうつり住んできたので、むかしのことは知らないのだけれど。洪水では多くの家が流され人死にもでて、生き残ったほとんどの人は村を去って、町へ出ていったそうです。あの家には遠い国から帰ってくるご亭主を待って、女の人がひとりで暮らしていたと聞いています」

　女性は同情するような、あるいは非難するような、困惑した調子で言った。

「わたしたちがここに住みはじめたころには、すでにいまのような廃墟になっていましたが、夜になると室内が青い燐光で光るのを見たり、家鳴りがするのを聞いたりする人がたくさんいて、だれも近づかないのです。亡骸《なきがら》を葬ってあげる人もなく、[5]**死霊**《ピチャース》の棲み家になっているといってみんな怖がっています」

「以前から暮らしていて、生前の彼女のことを知っている人は、村には誰もいないのですか？」

「村は壊滅して、いまいるのはわたしたちのように災害後にうつり住んできた人がほとんどです。一時間ほど北へのぼった、川から少し離れたところに庵を結んでひとりで暮らしている婆羅門の行者がいます。あの人はむかしからこの村にも托鉢に来ていたようだから、なにか知っているかもしれません」

以前からつきあいのあった、ぼくたちのかかりつけのまじない師、長い髪を頭の上に巻きつけたあの婆羅門老人のことらしい。

新しい急ごしらえの粗末な家が建ちはじめている、以前バザールとよばれていたあたりを通りぬけ、大きな岩が草地のあいだにいくつも埋まっている見おぼえのある風景の無人地帯をすぎ、ぼくは婆羅門行者のもとへいそいだ。

四

「やっともどってきたんだね。遅すぎたようじゃが」

ぼくを見おぼえてくれていた行者は、石小屋から顔をだすとなつかしそうな穏やかな笑みをうかべて言った。背丈より長い髪を頭の上にまきつけ、汚れたえんじ色の布でつつんであごの下で縛って止めている姿は以前とかわらない。血色のいい日焼けした顔は元気そうだった。

「あの日の鉄砲水はひどいものじゃった。大きな岩や根こそぎ倒れた大木を押し流しながら濁流がこの下の川原全体をのみこんで、一気に駆け下っていったんじゃ。そのさなかに対岸の岩盤がくずれ落ちてそれをせき止めたものだから、あんたらの村のあたりでは土石流の行きどころがなくなってしまって…。地獄じゃったよ、あれは」

トウモロコシの皮を撚ってうず巻き状にまるく編んだ座布団を陽あたりのいい草地の上においてぼくに勧め、行者は大きな岩の上にしゃがんで遠くを見るように目を細めながら言った。

「**カンチー**[6]は土石流のときは高台に逃げて助かったんじゃが、田畑や家が流されてあのあたりは壊滅状態になって、生き残った連中もほとんど村を出ていってしまったんじゃ。カンチーはおまえさんがもどってきたときここにいなくてはいけないからと、どうしても村を去ろうとしなかったそうじゃ。道がなくなってわしは会えなかったんじゃが。あのあとのはやり病いで死んでしまった、ということじゃ。餓死だったのかもしれんが…」

三人姉妹の三女だったスーリヤを、行者は末娘という意味の「カンチー」と呼ぶ。ぼくは日本での数年間の話は簡単に、そしてきのうからのことはくわしく話し、行者にきいてもらった。

「カンチーの遺骸の頭皮には、髪の毛が抜けおちずにそっくりついたままだったのじゃと？　そして頭蓋骨と胴体や手足の骨がすべてつながったままだったのじゃね」

行者はぼくの話をききおえて言った。

「それはカンチーがいまだに成仏できずに、死霊《ピチャース》になって彷徨《さまよ》っている〈しるし〉なんじゃ。帰ってきてくれてよかったんだよ。カンチーのためにも、あんたのためにも」

行者はいつものようにアルミの皿にひとつまみの米粒をのせてきて、ぼくにその米粒を三度つまませ皿の空いているところにおかせた。かれはそれをいくつかのかたまりに分けたり数えたりしながら占っていく。

「あんたは日本でほかの女と暮らしていたんじゃろう。カンチーが貞操《みさお》を守ってあんたの帰りを待っていたあいだに」

行者はぼくが話していないことをサラッと言いあてる。

「きちんとお祓いをして弔《とむら》ってやらんと、カンチーも恨みを残して浮かばれないし、あんたもあんたのまわりも祟られてまだまだ危ない目にあうぞ。いますぐわたしについて来なさい」

行者は頭陀袋をさげ、大きな汚れた毛布を肩にかけて、太い木の杖をついて村に向かって歩きだした。腰には鞘に入った刃の厚い湾曲した山刀「**ククリ**」[7]をさげている。かなりの老齢のはずなのにその足どりは確かで、ぼくはついて行くのがやっとだった。

五

タトパニ村に帰りついて、バザールに一軒だけ開いている商店で買物をした。一マナ（約〇・四五リットル）の米とひとかけらの岩塩、ニンニク、ショウガ、乾いた赤唐辛子、それに**クミン**[8]、**コリアンダー**[9]、**ターメリック**[10]などの香辛料をひとつまみずつ。ジャガイモと赤タマネギもあった。水筒がわりに使っていたペットボトルを空にして、料理用、灯明用の菜種油も購入した。供犠《プージャ》をするために必要なインド製の線香、紅白の木綿の布切《ダジャ》れ、**ココ椰子**《ナリワル》[11]の実のかけらなども行者にいわれて手に入れる。間口は狭いが必要なものはなんでもそろう田舎デパートなのである。

その先の農家でニワトリを放し飼いしているのを見つけて、雄鶏を一羽売ってもらった。行者が食べたがったわけではなく、プージャのいけにえにするためだ。小さな野菜畑で育てているカラシ菜も少しわけてもらった。

ガッタ川の川原では、行者にいわれるままに焚き木にする流木を探しあつめる。道に落ちている乾いた牛糞もひろっていく。西の断崖に陽がかくれて夕闇のせまるころ、スーリヤの遺体のある廃屋についた。

「今夜は恐ろしいことがおこるかもしれないけれど、わしに言われたとおりにしなくてはいけないよ。夕飯のしたくはピチャースに出ていってもらってからだ」

中の様子を見まわしながら行者が真剣な面持ちで言った。

破れた竹籠や実のついていないトウモロコシの芯など、火種になりやすいものをかき集め、表面の土が崩れて中の石がむき出しになっているかまどに火をつける。流木の薪や牛糞はよく乾いているので、ほとんど煙も出さずに大きな炎が燃えあがった。

ぼくはザックの中に見つけたカゼ薬のガラス瓶を空にして、ナイフの先でふたのまん中に小さな穴をあけ、細長く裂いた布を撚《よ》って差しこみ、菜種油を満たして灯明ランプを作った。以前使っていた真ちゅう製の燭台など、金目《かねめ》のものは持ちさられていて見あたらなかったのだ。

行者はほぐした牛糞と泥を水でまぜてこねあわせ、かまどの前の土間のくずれた床を塗っていく。きれいに塗り浄められた床の上に、以前から台所でつかっていた木製の腰かけ台をおき、ぼくは服を脱いでパンツ一枚になってひざをたててそこに腰をおろす。冷水をみたした大鍋がぼくの前におかれ、行者が持ってきたすっぱい匂いのする重い毛布を頭からかぶらされる。

行者は白い半透明の、角のとがった握りこぶし大の石を頭陀袋から三個とりだし、かまどの火の中に放りこんだ。大鍋の前にぼくをかがみこませ、毛布で全身をおおって外気が入らないようにしておいて、行者は毛布の裾を少し上げて、まっ赤に熱した石を火箸でつかんで鍋に投げいれた。「ジューッ！」と大きな音をあげ、毛布のなかが熱い蒸気でみたされる。

行者は呪文をとなえながらそれをくりかえした。毛布を取りのけることを許されたときには、ぼくは汗まみれになっていた。熱湯の底に三個の石が沈んでいる鍋はかまどにのせられていた。

紐で柱につながれていた雄鶏を殺すのは、汗を拭いて服を着おえたぼくの仕事だった。行者が腰にさげて持ってきたククリの柄をひざで押さえ、湾曲した刃を上向きに固定して、頭と、両脚と翼のある胴体を両手で暴れないように持って、喉首に刃をあてて一気に切りおとす。頭がなくなってもしばらく動きつづける胴体の、切断面からしたたる血を器で受け、行者が真言《マントラ》をとなえながら指でぼくの額になすりつける。そして行者は右手の親指と薬指を何度もはじいて、呪文をとなえながらスーリヤの白骨化した遺体の全身にもその血をふりかけた。

雄鶏の胴体と頭はかまどの熱湯にひたしてから、羽根をむしっていく。細かい毛は直火で焼きおとし、胸の骨に指を入れて上下に開くと内臓部分がつまった腹部があらわれる。行者は心臓や肝臓、腎臓などの色や形状、位置などをじっくりながめて占い、

「大丈夫、カンチーにとり憑いているピチャースには出て行ってもらえそうだ」

と言ってぼくにほほ笑んだ。

肝臓の裏に貼りついている緑色をした胆のうをそっとはがして捨てる。胆のうを破ってしまう

と胆汁がこぼれて肉全体が苦くなってしまうのだ。残りの内臓は腸や睾丸もふくめてきれいに水洗いし、脚はうろこ状の皮をはがし、爪先や嘴、鶏冠《とさか》を切りおとして、あとはすべて骨付きのままブツ切りにする。

これだけの作業をぼくが終えると、行者は裏庭から採ってきた**チョウセンアサガオ**[12]の葉に数切れの鶏肉をのせ、白檀の香りのする線香に灯明からうつした火をともして立てた。右手の親指と中指をはじいて鳴らしながら、スーリヤの遺体の全身に息をふきこみ、口のなかで真言をとなえる。長い時間をかけてお祓いの祈祷を終えると、行者は言った。

「ピチャースが出ていく通路を作って、もどって来られないようにこの家のまわりに結界をつくらなくてはならんのじゃ」

ぼくは言われるままにこわごわ死体の上に馬乗りになってまたがり、スーリヤの頭蓋骨についた髪を両手でつかんだ。

「わしがもどってくるまで、何があっても髪をつかんだ手を離すんじゃないよ」

と言いのこして行者は灯明と火のついた線香、紅白の木綿布《ダジャ》、それにチョウセンアサガオの葉のうえにのった数切れの生の鶏肉を手にして出て行った。

まっくら闇の中、ぼくはひとりとり残されて遺体にまたがっていた。ずいぶん長い時間に感じられたが、ほどなく馬乗りになったぼくの下に横たわる遺体から、ぼんやりと白く光った生身のスーリヤが裸で抜け出て立ちあがった。

「もう行かなくっちゃ、ありがとう」

とスーリヤが言ってほほ笑み、屋根のない廃屋をスーッと昇っていくのが見えた。白い裸身の股間は、いまは栗色の陰毛におおわれていて、頭上に広がる菱形の空の対岸の崖から姿を見せた半月が、それを淡い光で照らしていた。

ぼくは髪の毛を離さずにぶるぶる震えながら、じっと白骨遺体の上にまたがりつづけていた。

六

行者がもどって来て、

「髪は離さなかっただろうね」

と言って、また呪文を吹きこんで祈祷をくりかえした。

ぼくがつかんでいた髪が突然すっぽりと頭皮から抜けおち、同時にその髪が全身を結びつけていたかのようにつながっていた骨がバラバラにくずれ、骨盤のあたりからドロドロしたどす黒い血が流れだした。

「あんたが吸いとられていた精気じゃよ。もう大丈夫だ。よくがんばった。明日はガンガージーの川原で火葬してやらなくてはならん。さあ夕飯の仕度だ。腹がへったじゃろう」

となにごともなかったように微笑んで行者が言った。

以前から衣服をいれていた木櫃《きびつ》から見おぼえのある赤茶色の花模様があしらわれた絹のサリーを一枚とりだしてたたみ、バラバラになったスーリヤの骨と髪をひろい集めて風呂敷のようにしてつつみ、灯明の前においた。

婆羅門カーストの行者は、自分より下のカーストの人間や異教徒の調理したものを口にできない。ぼくにできるのはヘッドランプをつけて裏庭の水場に行って、米を研いだりカラシ菜を洗ったりなどの下ごしらえをすることだけ。調理中のかまどの火のそばには近づくこともできないのだ。

ぼくがかまどから少し離れたところに座って、タマネギやジャガイモの皮むきをしているあいだに、行者は岩塩やニンニク、ショウガなどとスパイス類をいっしょにして、「シロウタ」とよばれる平石の上で丸い石を押し転がしてペースト状の混合調味料をつくっている。プージャに使った残りの鶏肉は、菜食をまもっている行者は食べないので、野菜カレーやごはんができあがった後、かまどを空けてもらってぼくが自分でチキンカレーをつくる。その分の混合調味料はちゃんと残しておいてもらってある。

行者とふたりの深夜の晩餐は、思いのほか豪華なご馳走になった。

ぼくは寝袋に入って、行者は自分の毛布をかぶって眠り、目をさますと夜はすっかりあけていた。しかし真北にそびえるニルギリ峰は雲にかくれていて、細かい雨が寝床をぬらしていた。

つり橋をわたり、対岸下流の川から離れた高台の集落の何軒かを訪ねて薪をわけてもらい、スーリヤの親族にも葬儀に出席してもらうことにした。彼女の家族はもう誰もいないが、祖父同士が兄弟だというスーリヤの「弟《バイ》」と、彼女の曾祖父の妹の孫にあたる「叔父《ママ》」さんの二家族が住んでいる。

街道脇の小さな祠からわかれる小径を下ってカリガンダキの川原におりる。何年か前に、スーリヤの母を火葬した場所だ。大きな岩や角がとれたまるい石におおわれた川原の、黒い砂が打ちよせられた水際に買いあつめた薪を手ばやく井桁状に積みあげていく。その上にスーリヤの遺体の包みがのせられ、火がつけられた。雨はやんでいた。

高台の集落の叔父さんの家の裏庭になっていたオレンジとバナナ、それにきのうバザールで買ったココ椰子の実のかけらが、脇の岩の上にそなえられている。行者の頭陀袋からとりだされた線香を、参会者がひとりひとりともしてオレンジやバナナに突きさし、火葬の火にむかって合掌する。

焼香の列にくわわらずに遠くからながめている女性がふたりいた。彼女たちは生理中なので経血の不浄により、火葬の火に近づくことができないのだ。

ほとんど白骨化していた遺体を焼くのに、さほどの時間はかからない。用意した薪は一時間ほどで燃えつき、珊瑚石のように石灰化した骨が灰の中に残っていた。もろくくずれそうになった白い頭蓋骨がそっととり出され、白い木綿布につつまれる。ぼくはいわれるままにそれを持って腰まで水につかりながら川に入り、岩にあたってしぶきをあげるカリガンダキの激流に向かって力いっぱい放り投げる。白い布包みはすぐに水にのまれて見えなくなった。

弟と叔父さん、それにぼくの三人でひざまで水につかりながらかがみこんで、両手で遺灰に水をかけ、もとどおりの砂地になるまで川に流していく。そのあいだにぼくは数切れの骨をひろってハンカチにつつみ、そっとポケットにおさめた。

雲が切れ、つり橋のむこうの見あげる高さにニルギリ峰が姿をあらわし、川面にはうっすらと虹がかかっていた。

（第八話　完）

註

1 **局地的な戦闘** 一九五〇年代初頭に中国軍がチベットに侵攻、五九年にはラサで市民が蜂起して鎮圧され、ダライラマ一四世（一九三五〜）がインドに亡命、おびただしい数のチベット人難民が国外に脱出した。東チベットのカム地方（旧西康省、いまの四川省西部と西蔵《チベット》自治区東部にまたがる地域）から逃れてきた勇猛で知られるカムパ族の武装難民兵士たちは、秘かにアメリカの支援を受けてムスタンの奥地でゲリラ活動をつづけていた。しかし一九七二年に米中間に国交が結ばれ、アメリカの後ろ盾を失った武装難民ゲリラは孤立。七四年には中国の圧力を受けたネパール王国軍が、カンパ兵たちを国内騒擾・反乱を意図する謀反集団として攻撃し、翌七五年に武装解除させた。

2 **タトパニ tatopani 村** 当時のネパールの行政区分は一四の県 anchal と七五の郡 jilla からなり、タトパニ村は一九七〇年代初頭にはダウラギリ県ムスタン郡に属していたが、のちに郡の境界線が変更になり、ミャグディ郡に変わった。ムスタン郡の郡役場はジョムソン、ミャグディ郡の郡役場はベニ。ポカラにはガンダキ県カスキ郡の県庁や郡役場があった。

3

チウラ chiura（干し飯《いい》）　籾つきの米をボイルした後煎り、搗いて籾殻を取りのぞいたもの。カトマンドゥ盆地土着のネワール族の宴席料理には欠かせないもので、携帯食としても利用される。

4

ガッタ ghatta（水車）　川の流れによって水車をまわし、連動した石臼を回転させる水車小屋があり、村々で共同運営されている。トウモロコシやシコクビエ、小麦などの収穫物を粉に挽いたり、ダル用の挽き割豆をつくったり、目的に応じて石臼の回転スピードを変えて、粉や粒の細かさを調整できるようになっている。

5

ピチャース pichas　殺されたり自殺したり事故にあったりして不慮の死を遂げ、死後の儀礼が正しく行われないために救いが得られずさまよい続けて成仏できないでいる死者の霊。病死者の霊はマサン masan、胎児を腹に宿したまま死んだ女の霊はツリニ churini という。

6

カンチー kanchhi　姉妹の中の末っ子のこと。兄弟の末っ子はカンチャ kanchha。長男・長女から末っ子までの兄弟姉妹序列呼称がある。人を呼ぶときに名前を呼ばずに、親族呼称と合わせてこれがしばしば使われる。その結果かなり親しい関係の人でも、名前は知らない、ということがときどき起こる。

7 ククリ khukuri　片刃で中央部が少し湾曲した長さ四〇センチほどの山刀。ヤギの解体や骨付き肉のぶつ切りなど料理にも欠かせない。英国軍の傭兵として第二次世界大戦に参加したネパール出身のグルカ gurkha 兵は、インパール戦線などで武器としてククリを使って日本兵と白兵戦を戦ったという。ネパールを象徴するものとして、国章や軍隊、警察の階級章、貨幣のデザインなどにも使われ、たばこやラム酒の商品名にもなっている。

8 クミン cumin（馬芹《うまぜり》）　ネパール語では jira。種子をそのままあるいは粉末状にして使う、ネパール料理には欠かせない香辛料のひとつ。セリ科。

9 コリアンダー coriander　セリ科の芳香性の一年草。和名のコエンドロは鎖国前の古い時代に入ったポルトガル語で、俗に中国パセリなどとも呼ばれる。ネパール語で dhaniya、中国語で香菜《シャンサイ》 xiangcai、タイ語でパクチー phakchi。種子はインドから北アフリカにかけて広くカレー系の料理のスパイスとして欠かせない。生の葉を薬味として使う習慣は中国から北アフリカまで広く分布している。とりわけヤギ料理や内臓料理には欠かすことができない。しかし日本で料理に使われることはほとんどなかった。コリアンダー、コエンドロなどのヨーロッパ系の言葉の語源はギリシア語で虫を意味するkorisから来たもので、生の葉がカメムシあるいはトコジラミ（南京虫）に似た臭いがすることに由来している。その独特の強烈なにおいが苦手な人もいるが、食べなれると病みつきになる人も多く、日本でも近年パクチー・ブームが起こった。

10 **ターメリック turmeric（鬱金《うこん》）** ネパール語でbesar、ショウガ科の多年草で、根茎は香辛料、着色料、薬用に使われ、カレー系料理には欠かせない。熱帯アジア原産。

11 **ココ椰子 coconut** ヤシ科の常緑高木。ネパール語でnariwal。ココナツはヒンドゥー教徒にとって宗教上非常に大切な、神聖なものと考えられていて、産地から遠いヒマラヤ山村の小さな商店でも、芳香と甘みのある乾燥した実のかけらが売られている。

12 **チョウセンアサガオ（朝鮮朝顔）datura** 別名、曼陀羅華《まんだらげ》、キ〇ガイナスビ。白いラッパ状の朝顔に似た花をつけるが、ナス属、ナス科の多年草。卵形の葉は長さ八～一五センチ、球形の棘のある果実には多数の種子が入っている。ネパールの丘陵地帯や低地では、道端や空き地にごく普通にみられる。シヴァ神お気に入りの植物で、「シヴァの冠《かんむり》 shiva shekhar」とよばれている。種子を布袋に入れて温め、患部にあてて鎮痛剤として用いられる。種子、つぼみ、葉、根などあらゆる部分に医薬的成分をふくみ、経口摂取すれば強い麻酔性、幻覚性がある。

最終話　ミユ——亡き妻の幽霊に出会うはなし

一

雨期のさなかの六月に、久しぶりにカリガンダキ川をさかのぼって、なつかしい村々を訪ねる旅にでかけた。初めてネパールを訪れたときから四五年の歳月が流れ、ぼくは古希（七〇歳）を迎えている。

同行した妻のミユは、ポカラの病院で医療活動にたずさわるプロジェクトに参加しているが、三〇年あまり前までぼくが前妻スーリヤと暮らしていたタトパニ村まで、彼女が足をのばすのははじめてだった。

三〇歳代だったぼくが西ネパールのダウラギリ県タトパニ村でトレッカー宿『スーリヤ・ゲストハウス』を営んでいたころ、首都カトマンドゥの完成間もない国立競技場で、[1]**日本のある人気ロック・グループ**がコンサートを開いたことがあった。入場無料で市民に開放されたこともあって、会場はその周辺をふくめて数万人の人びとで埋めつくされ、その噂は遠い奥地の村にいたぼくの耳にまで届いていた。

ぼくはそれまでかれらの歌はもとよりグループの名前すら知らなかったのだが、埼玉県の小学校に通うおませな少女だったミユは、そのグループの熱心なファンだった。かれらがはじめての海外公演をしたネパールってどこにあるんだろう？　どんな国なんだろう？　興味を持つと脇目もふらずに突き進むたちの少女は、町の図書館で相談した司書の女性が勧めてくれた一冊の本に出あった。

それはクリスチャンの日本人医師夫婦がヒマラヤの山村で医療活動を行い、結核で親を失った孤児を養女にして育てる、という**ノンフィクションの物語**[2]だった。感動したミユの、「ネパールで医療奉仕活動を」という将来の夢がそのとき定まった。

駅前の書店では、ヒマラヤの奥地の温泉の湧く谷間の村で結婚して小さな宿屋を開いた、という日本人、つまり**ぼくが書いた文庫本**[3]も見つけた。ネパールに対するミユの関心や憧れはさらにつよまっていった。

高校卒業後、苦学して看護師の資格をとり、多忙な日々の中でのはじめての海外旅行で単身ネパールを訪れたとき、ミユは三〇歳を過ぎていた。日本語に堪能なネパール人ガイドがマンツーマンで付きそう、ぼくにいわせればとてつもなく贅沢な旅だったが、小学生のときに読んだ本に出てくる「ネパールの赤ひげ先生」とよばれた**日本人医師**[4]が拠点として活動した、西ネパール・パルパ郡の「山の上にある病院」の町、タンセンでの病院見学も旅程に組み込まれていた。

帰国後、ネパール旅行をコーディネートしてくれた東京の小さな旅行会社のオフィスの本棚にならんでいた、ぼくが[5]**日本にもどってきた後に書いた本**をミユは見つけた。彼女を担当した旅行会社の女性スタッフは、以前『スーリヤ・ゲストハウス』に泊まったことのあるぼくの友人だった。

彼女に連れられて、ミユはぼくのアパートに遊びにやって来た。

「ネパールで仕事をしたいのなら、ネパール語を勉強しないとね」

とぼくはミユに言った。

スーリヤと死別したあと、日本で会話教室を開いたり、旅行ガイドブックや旅行雑誌のライターをしたり、逮捕された在日ネパール人の取調べの通訳をしたりしながら、ぼくはネパールやネパール語を飯のタネにして、都内でひっそりとやもめ暮らしをしていたのだ。

ミユの病院の勤務が不規則だからという理由で、最初から個人レッスンになった。午前中二時間の授業をして、彼女のおごりで昼食をとったあと、午後にもまた二時間。仕事以外の時間はほとんどネパール語につぎ込む、ミユは熱心で気前のいい生徒だった。埼玉から車で通っていたが、駐車違反のキップを切られるとすぐに近くの月極駐車場を借り、ほとんど入りびたり状態になっていった。

教師と生徒の関係はやがて一線を超えて、お定まりの年の差婚へ。

「仕事らしい仕事もしていない、年金も払っているようには見えない、世捨て人みたいな生活をしているこの人の老後は、いったい誰が面倒をみるのかしら？　最期は誰が看取るのかしら？　わたししかいないな、――って思ってしまったのよ」

とあとになってミユはぼくに言っていた。

結婚後一〇年ほどたって、長野県の駒ケ根市が姉妹友好都市になっているネパールのポカラ市につくった母子保健病院に、ミユは助産師として派遣されることになり、東京とポカラを往復する生活が何年か続いた。幼いころからの彼女の夢がようやく実現したことになる。

「プロジェクトの任期が終わる前に、あなたも一度わたしたちの病院を見に行ってよ。ネパール人スタッフもみんなあなたに会いたがっているのよ」

と誘われても聞き流していたが、

「貯まっている飛行機のマイレージも、使わないと期限切れで無駄になってしまうし」

というひと言で、根がケチな性分のぼくは重い腰をあげることになったのだ。

「ポカラまで行くんなら、その奥のタトパニやムクティナートまで足をのばしたいな。足腰が萎えて動けなくなる前に」

カリガンダキ川に沿う街道には道路が開通し、いまではバスも走っているはずだった。

二

ポカラのペワ湖畔から一日一便のジョムソン行きの直行バスが運行されていた（途中何ヶ所かで乗りついで行けるローカルバスは何本もあるらしい）。ぼくが暮らしていたころは一週間以上かけて歩いてたどり着いた村に、一〇時間ほどで着けてしまうのだ。朝七時にポカラを出発したバスは、タトパニでランチ休憩をとって、夕方五時にはジョムソンに到着するという。

二十年以上前にポカラからの道路が開通している、ミャグディ郡の役所のあるベニの町までは舗装された快適な道だが、ベニから先はカリガンダキの深い谷をぬって刻まれた未舗装の、崖っぷちのカーブの多い狭い道をのろのろと進んでいく。バスが悪路にふさわしいポンコツ車であっても、ポケットに入れていた万歩計が座っていても歩数をカウントしてしまうほどの激しい揺れに翻弄されても、ぼくにとっては夢のようなバス旅行だ。

カリガンダキの川原がせばまって対岸にも崖がせまり、岩の崖を川側にひらいた「コの字」型にくりぬいた中を道路がつくられているひと気のない場所で、ぼくたちの乗っていたバスはとつぜんとまってしまった。故障だった。満員の乗客はバスをおり、運転手や車掌があおむけになってバスの下にもぐりこんで点検をはじめる。シャフトが折れてドータラコータラで、ベニから部品を持った修理工を呼びよせ、なおしてもらうのに三時間以上はかかるだろう、という。

よくあることらしく、携帯電話でベニとやりとりしている運転手にも、まわりで様子をうかがっている乗客たちにも、さほどの動揺は見られない。むかしのカトマンドゥ－ポカラ間でも、バスはしょっちゅう故障していたものだ。ミユがひとりアセっている。

昼食を予定しているタトパニ村まではあと五キロほどしかないので、乗客たちはそこまで歩いて、食事をしながら修理のすんだバスがやってくるのを待つことになった。

ジョムソンまでバスで一気に上って、ローカルバスの途中下車をかさねて、タトパニ村には帰り道でゆっくり滞在するつもりだったぼくたちは、いきなりタトパニの対岸下流のスーリヤの生まれ故郷の、ぼくにとってはなつかしい村々をゆっくりたどることができた。思いがけないミニトレッキングだ。すでに沿道の川岸の岩のひとつひとつに見おぼえのある、なじみのエリアに入っていたのだ。このまま日が暮れてしまうようなら、タトパニ村に泊まってもかまわないと思っているぼくには、思わぬ展開を楽しむ余裕があった。

奥ムスタン《アッパー》で戦闘がおこってタトパニ村を追い立てられたとき、ぼくもしばらく暮らしていたことのある対岸の集落ポコリバガルはすっかりさま変わりして、たくさんの新しい家が建ちならんでいた。石積みのすき間に泥ではなくセメントが使われている家、屋根に波トタン板を使っている家は、道路ができてから建てられたものなのだろう。どの家にもむかしはなかった電気が引かれている。

スーリヤの遺体を火葬して流した川原への下り口の、小さな祠があっただけのヒンドゥー教寺院も立派なものに建かえられていて、その先のカリガンダキ川にかかる道路橋を渡ると、そこからがタトパニ村だ。晴れていれば川の上流にニルギリ峰が見えるはずだが、この日は雲におおわれていた。

川原から離れて高巻きしている道路が少し下って、むかしの歩く道と合流するあたりに、まぎれもないぼくたちの宿『スーリヤ・ゲストハウス』だった建物の廃墟があらわれた。

肘から指先までの長さにあたる一ハート(約四十五センチ)の厚みのある石積みの壁を持つ二階家の、平石でふかれた屋根瓦は半分以上くずれ落ちているが、外観は思いのほか原形をとどめていた。おおぜいの来客が頭をぶつけていた、いまはドアの付いていない丈の低い小さな入口から中に入ってみると、二階の床は抜け柱や梁など木造部分は腐っていて、とても住める状態ではない。

裏山の崖がせまっていたはずの建物の背後に道路が通っていて、道に面していた前庭には雑草が生い茂っていた。旅立っていく宿泊客の多くが、朝のニルギリ峰をバックに記念写真を撮っていった、思い出のつまった前庭だった。

道に沿った長い石積みの休み処、チョウタラの向こうはトウモロコシ畑で、見しらぬ女性たちが大きく育ったトウモロコシの間にシコクビエの苗を植えつける作業をしていた。短い期間使われ、のちに猿神ハヌマンの祟りを恐れて廃棄しなくてはならなくなったトイレは、どのあたりにあったのだろうか。その奥の直下はカリガンダキの川原のはずだが、トウモロコシ畑のむせかえる緑におおわれていて見えない。その向こうには、対岸の切り立った一枚岩の崖がせまっているはずだ。

隣接して建っていた数棟の石積みの建物は、屋根もなくいっそう激しく崩れていて、道もその先で行き止まりになっている。ここに大きな屋敷を構えていた、ぼくたちがいちばん世話になった隣人一家は、いまはポカラに移り住んでいると後で聞かされた。

石臼のまわる水車小屋のあった支流のガッタ川は、むかしは飛び石伝いに、ラバや馬や牛たちは流れに足を踏み入れて渡っていたが、いまは小さいながら立派な道路橋がかかっている。橋を渡った先の、以前からあった場所には小学校。校舎は大きな鉄筋三階建の建物に替わっている。子どもたちの踊りの発表会や村落対抗バレーボール大会の思い出のある校庭には、いまもおおぜいの子どもたちの姿が見られた。

三

タトパニ村は谷底の小さな村だが、背後の山の中腹にあるブルン村とあわせてひとつの行政単位になっていて、人口はあわせて八〇〇人をこえているという。道路ができて外国人トレッカーは激減しているが、過疎化が進んで村がさびれているというわけではないらしい。タトパニ村の小学校に通うブルン村の子供たちは、四〇〇メートルをこえる高度差のある急峻な山道を、いまも毎日歩いて通学している。

学校の先で、バザールと呼んでいる村の中心街に上っていく歩道と、川原に沿って続く車道が分岐している。なつかしいタトパニ村のバザールを歩きたいところだが、ぼくたちの荷物を積んでいるバスに置いていかれるわけにいかないので、今日は殺風景な川沿いの車道をたどる。

カリガンダキの川原には温泉《タトパニ》が湧いている。コンクリートの大きな湯槽《ゆぶね》があり、脱衣室やトイレ、シャワー、売店などもできているようだ。

バザールのある旧道へと続く急な石段の小径をいくつかやり過ごした先が、ビュッフェ式の食堂のあるバスパークになっていた。同じバスに乗ってきて先着している乗客たちのなかには、もう食事をすませている人もいる。せまいバスに詰めこまれて揺られ、長時間待たされたり長い距離を歩かされたりして、乗客たちはみなすっかり仲良しになっている。

この日の乗客はぼくたちとふたりのインド人青年のほかは、すべてネパール人だった。

カトマンドゥからやってきて聖地ムクティナートに向かう、祖父母から孫まで三代一二人の家族連れからは、バスの中で熟れたスモモやスナック菓子の大袋がまわってきた。

バスの最後部座席で窮屈にならんでぼくたちといっしょに揺られ続けてきたのは、ポカラのホテルで調理師をやっているという若い女性三人のグループ。二リッター入りのスプライトのペットボトルが彼女たちからまわって来ても、はげしく揺れるバスの中で「口を付けずにラッパ飲み」（というのもおかしな表現だが）するのは至難のわざだ。

ぼくはこの国で暮らすようになって、人びとのさまざまな生活習慣を真似してきた。排便後の水洗いによる尻の始末や、ローティを千切ることもふくめ右手だけを使う手づかみによる食事、額に紐をかけての荷物の運搬など、いろいろな生活技術を身につけていることを、ぼくはひそかな自慢にしている。

ヤギの屠殺は名人に任せていたのでぼくにはできないけれど、屠殺後の解体や内臓の処理にはかなりの役割を果たせるようになっているし、ニワトリの頸をはねるところから、骨付き肉や内臓を美味しく料理するところまで、すべてできるようになっている。

でも、ボトルや容器から水などの飲み物を、口をつけずにラッパ飲みすることは、みんなが当たり前のようにやっているのに、ぼくはいまだにうまくできないでいる。上を向いて開いた口に上から液体を注ぎこみながら、ゴクンゴクンと嚥下していくのだ。何度こころみてもぼくは誤嚥《ごえん》してむせてしまう。

この技がことのほか重要なのは、他人が口をつけた飲食物や食べ残し、飲み残したものが「ズト」とよばれ、不浄なものとして厳密に、慎重に避けられているからだ。

体調や精神状態の不良が、知らずにズトを口にしてしまったことが原因だったと判定されることがしばしばある。ズトを恐れる気持ちは衛生上の観点をこえた呪術的な問題なので、食物を供するときも、食事をするときも、ズトの観念を十分理解していないと重大なマナー違反を犯してしまうことになる。

だから大瓶のペットボトルがまわってきたときどんなに喉がかわいていても、空のマイカップでも持っていない限り、遠慮して断るしかない。このときほんの一瞬でも瓶に口を触れてしまったら、もう他の誰にも飲めなくなってしまうからだ。

彼女たちとは携帯電話の通話料金チャージの確認方法を教わったり、スマートフォンの充電器を貸してあげたり、ぼくにはわからないやり取りがミユとのあいだで交わされていた。

「チュパ」とよばれるチベット服のワンピースを身につけた女性は、ジョムソンのさらに先の奥ムスタン《アッパー》のローマンタンまで帰るのだそうだ。ピアスの穴が化膿して痛そうだったので、ミユが「マキロン」で消毒して抗生物質の軟膏をぬって「バンドエイド」を貼りつけてあげていた。

ビュッフェ式のダルバートの昼食を終えたぼくたちは、いつ来るかわからないバスを待ち続けた。すぐ脇にはカリガンダキの川原、段丘状の崖の上にはバザールの一画の家々が見えている。

カリガンダキ川の土石流がこの村を襲い、街道沿いのバザールの北端部の何軒かが押し流され、陥没して川原にのみ込まれてしまった、そのときの河川敷の跡がこのバスパークになっているのだ。

旧街道は山側を迂回してその先でふたたびバス道路と合流している。一〇年あまり前に開通したこの道路を車で通過してしまったら、タトパニ村の中心街はまったく見ることなく通りすぎることになる。ということは、バザールの街並みは思いのほかむかしの姿をとどめているのかもしれない。

四

深い谷底の狭い空の、西側の崖に太陽が隠れた午後遅い時間になって、やっと到着したバスの運転手や車掌も食事をすませ、ぼくたちのバスはタトパニ村を出発した。

二度目の故障はそれから二時間ほど走ったレテ村の手前でおこった。この二時間だけでも、歩けばまる一日以上かかる距離を走っているから、ぼくにとってはずいぶん快調に前進できた気分だったのだが…。

エンジンのナニヤラが取れて落ちてしまった、というのだ。崖っぷちの狭いところでとまってしまったので、下ってきたトラックとバスをワイヤーロープで結び、トラックにバックしてもらってすれ違えるスペースのある所まで移動する。それからまたスッタモンダの挙句、通過してきたガーサ村から部品を取り寄せることになった。でもここでは携帯電話が圏外になっていて連絡ができない。すれ違って下っていく車に乗って、運転手はひとりガーサ村に引き返して行った。

夕闇のせまる中、目の前の思いがけない近さの高い位置に、まっ白な雪におおわれたトゥクチェピーク（六九二〇メートル）が姿を見せていた。やがて訪れた月のない闇夜で久しぶりに天の川と再会。尋常でない数の星が空をおおっていた。標高はすでに二〇〇〇メートルを超えているので、六月とはいえ陽が落ちると寒くなってくる。

バスの中では女性たちの御詠歌のような宗教歌《バジャン》[6]のヤケクソ気味の朗誦がはじまっている。外の路上では調理師の女性グループがスマートフォンでいまふうの音楽を鳴らしながら、歩くのもおぼつかないような幼い女の子の手をとって踊っている。子どもの母親はそばに立って一緒に歌を口ずさんでいた。

「運転手が逃げだしたんじゃないだろうな！」

と車掌につめよっている人がいる。修理や出発の準備が進められているのかどうか、なんの説明もないので業を煮やして次のレテ村をめざして歩きだした人もいるようだ。

バスから離れて暗闇で用を足そうとして、ぼくは一瞬めまいがしてよろめいてしまった。足を踏みはずして落ちたら谷底までまっさかさまだ。ぼくを含めた高齢者や乳飲み児までいるのに、この闇の中を歩きだすのは危険だ。バスがなおって動きだすまで、あるいは夜があけて明るくなるまで、歌ったり踊ったり冗談をいったりしながら待っている多くの乗客たちといっしょに、ぼくたちも笑っていることにした。

バイクのうしろに乗って、部品を手にした運転手がもどってきた。バスの下にもぐりこんで、部品の取りかえ修理がはじまる。その手元を照らすためにミユがスマートフォンの明かりをかざすと、それがいつの間にか作業中のメインの光源になっていた。みんな自分の携帯電話の電池は温存しておきたいのだ。

出発したのは夜一〇時すぎ。レテ村まで歩いた人たちもピックアップして、バスは走り続ける。真っ暗で外の様子は分からないが、カリガンダキの川原が広くなって乾燥した風景にかわっているはずだ。

「二度あることは三度ある」なんていう縁起でもない日本のことわざを隣の席の三人娘に教えたせいか、終着地ジョムソンの数キロ手前でバスはまたとまってしまった。今度は故障ではなく事故のようだ。前輪が道路からそれて溝にはまってしまったのだ。崖から落ちなくてよかった、と胸をなでおろし、みんな疲れきって怒りだす元気も残っていない様子。いちばん疲れているのは運転手なのだろう。ほどなくジョムソンから代行バスがよばれ、ジョムソンに着いたときには日付がかわっていた。

乗客のひとりの終始寡黙で温厚な笑顔を見せていた老人（といってもぼくよりはずっと若いらしい）が、知りあいの宿をたたき起こしてくれて、ほとんどの人たちがそこに泊まることになった。

寝入りばなを起こされた女将さんが不機嫌のはずがないことは、元同業者のぼくにはわかる。閑古鳥の鳴いていた宿が突然満室になってしまったのだから。テキパキと部屋を割りふって、即席めんを使った野菜入りのラーメンを二十数人分作ってくれた。ポカラから来た調理師の三人娘が初対面の女将さんを手伝って、野菜を切ったりできたラーメンを運んだり、遊びに来ている親戚の娘みたいに楽しげに立ち働いている。ぼくの記憶にもあるこの国でもっとも古くからある即席ラーメン「ララ」が、こんなに美味しいものだったとは知らなかった。

長かった一日が終わった。

五

朝になって、ぼくたちの泊まった宿が空港前のホテルの建ちならぶ通りにあることがわかった。宿の女将に教えられて、少し上流の橋を渡った対岸のジョムソン本村にあるジープだまりから出るバスに乗ってムクティナートに向かった。一日一往復のバスのほか、一二人の客で満席になると随時発車する「ジープ」と呼んでいるインド製の四輪駆動車が、ムクティナートに近いラニパウワ村とのあいだを一時間半あまりで結んでいる。

発車時刻までにほぼ満席になった小型バスには、きのうポカラから同じバスに乗ってきて同じ宿に泊まっていた見おぼえのある人たちの姿があちこちに見られた。握りこぶし大の丸石でびっしり埋まった、カリガンダキ川の広い川原の東岸に沿う平坦な道を北上する。バスはほどなく収穫間近の燕麦《えんばく》畑のあざやかな淡褐色が広がるカグベニ村に着いた。東西南北に道の交差するカグベニからカリガンダキ川に沿ってさらに北上する道は、奥《アッパー》ムスタンからチベット国境へと続いている。西へ向かえばネパール最大の面積にもっとも低い人口密度の人びとが暮らすドルポ郡。ダウラギリ山群の北側の高地が広がっている。ぼくたちのバスは東に折れて、一気に九〇〇メートルあまりの高度差のあるムクティナートへと上っていく。

終点のジープだまりには小さな食堂小屋が一軒あり、ジョムソンとのあいだを往復する数台のジープや大きな荷物を積んだツーリングのバイクがとまっている。ムクティナートの参拝路を往復する馬も何頭か客待ちしていた。

すぐ先に数軒の宿や警察の検問所のあるラニパウワ村があり、ヒンドゥー寺院や仏教寺院のあるムクティナートまでは歩いて二〇分もかからない距離だが、富士山頂よりも高い空気の薄いところにバスやジープでいきなり上ってきているので、高度の影響で歩いてたどり着けない人もいるのだろう。参詣者のほとんどはネパール人だが、馬に乗って下ってくる家族連れの姿は、四〇年あまり前にタトパニ村にいたぼくの前を通りすぎていった多くの巡礼者たちとはすっかり様変わりした、都会風の身なりをした華やかな観光客だ。

ラニパウワ村をすぎ小さなゲートをくぐって、ゆっくりあえぎながら参道を登っていくと、砂漠の中のオアシスのように緑に包まれた先に小さなヒンドゥー寺院があらわれた。まわりをかこんでいる菩提樹に似た木々は、下界にあるクワ科イチジク属のインド菩提樹やベンガル菩提樹とは系統の異なる、チベット菩提樹《ボテピパル》とよばれるヤナギ科ヤマナラシ属のポプラの仲間だ。

三重塔の形をした本堂のまわりにある一〇八の牛の口から豊富な水が流れ落ちている。その水をひとつひとつ受けながら沐浴し、**時計回り**[7]**に**三度めぐるのがこのお寺の参拝の作法だ。

沐浴を済ませた人たちの、本堂の中に入ってお詣りするための長い行列ができていたが、「ヒンドゥー・オンリー」という英語の表示があり、ヒンドゥー教徒でない外国人は中に入れないようになっている。

ムクティナートへのトレッキングが外国人に解禁になった直後の四〇年あまり前に、ぼくは前妻スーリヤの亡くなったお母さんの供養のために、スーリヤといっしょにここへお参りに来たことがあった。もちろん徒歩だったからタトパニから五日、ジョムソンからまる一日かかった。どの季節だったのか、寒風吹きすさぶ中を苦労してたどり着いた記憶がある。そのときは婆羅門司祭にお願いして、本堂の中で長時間にわたる供養のプージャをしてもらっている。もちろんそのころは「ヒンドゥー・オンリー」などという表示はなかった。まわりに人の姿はほとんどなく、沐浴の水は凍てつくほど冷たかったことをおぼえている。

六

黄金色に着色された牛の口から勢いよく流れ落ちる水を全身に浴びながら目を閉じて合掌し、一心に真言《マントラ》を唱え続けている若い女性がいる。身につけている赤茶色の花模様があしらわれた薄い絹のサリーが濡れて細身の身体に貼りつき、お椀を伏せたような豊満な乳房やくびれた腰の線がくっきりとあらわれている。

チベット菩提樹の樹間から差し込む快晴の朝の強い日差しを浴びて、全身がぼーっと浮かび上がるように輝いて見えるその女性は、五〇年前にはじめて会ったころの前妻スーリヤに生き写しだった。石畳の地面に激しく跳ねる水が陽光をうけて輝き、彼女の足元は霞んで見えなくなっている。目を凝らしてみるとその女性の足のあるはずのあたりには、彼女の背後の石垣が透けて見えている。ぼくは女性に近づくことも声をかけることもできず、その場に凍りついてしまっていた。

　ぼくとミユはジーンズの裾をまくり上げて、右手で滝の水を受けては口に含んだり頭に振りかけたりするだけの簡易な行《ぎょう》をくりかえしながら、百と八つの滝《ダラ》を巡るお詣りをしていた。だから真言を唱えながらそれぞれの滝で時間をかけて水垢離を取っていく彼女のような本格的な参拝者には、すぐに追いついてしまうことになる。

　ぼくは滝の列から離れて女性の姿をぼんやり眺めていた。夢中になって巡拝を続けているミユはやがて彼女に近づき、笑顔で合掌しながら「ナマステ（こんにちは）」と声をかけてなにやら言葉を交わしはじめた。

　日本にいるころからいつも、ミユは見知らぬ人であってもネパール人とみれば話しかけ、片言のネパール語を使ってみたくて仕方がないのだった。しばらく談笑して、ミユは水垢離をつづける彼女をあとに残して次の滝へと進んでいく。本堂を取り囲むようにコの字型に並ぶ牛の口の蛇口《ダラ》を一巡して戻ってきたミユが、興奮した口調で言った。

「ねえねえ、わたしが若い女の人と話してたの、あなた気づいていた？　話しかける前はちょっと怖そうだったんだけど、とても優しい素敵な人だったのよ。『ありがとう、あの人をよろしくね』なんて言うのよ。あなたのネパール語とよく似た話し方で、ゆっくり話してくれるのでとっても聞きとりやすかったんだけど、どういう意味だったのかしら、あなたから聞いてみてくれない？」

物怖じせずにネパール人に話しかけるが、すぐにぼくに助けを求めて通訳させようとするのもいつものことだ。真言《マントラ》を唱えながらゆっくり巡っているその女性は、コの字型の二番目の角を曲がった先あたりでまだ滝に打たれているはずだった。

しかし本堂に沿って裏手にまわってみても、彼女の姿はなかった。

「あれ？　このあたりにいたはずなんだけどなあ。意味がよくわからなかったんだけど、『フンツア、フンツア（わかったわ、大丈夫よ）』って答えたら、嬉しそうに微笑んでいたのよ」

「ホントにいたの？　そんな人」

ぼくは女性の姿が消えていることに落胆しながら、なぜかほっとしてもいた。

七

バスに乗ったり歩いたりして、タコーラ地方とよばれるタカリー族のふるさとであるカリガンダキ川上流域の村々をめぐって、五日目の午後にローカルバスでタトパニ村にもどってきた。

タカリー族は人口一万三〇〇〇人ほどの少数民族だが、古来交易や商業にたけた民として知られ、ネパール国内の都市部はもとより世界の国々に進出している。

タトパニ・バザールにはむかしからあったタカリー族の宿が三軒、同じ名前で残っていた。しかし、ぼくが住んでいたころの同業者やその家族のほとんどは村を去り、ポカラやカトマンドゥ、あるいは国外に移り住んでいることがわかった。亡くなっている人も少なくない。

ぼくたちがこの村でゲストハウスをはじめた後に結婚して宿を開いていたタカリー族のひと組の夫婦だけがぼくのことをよくおぼえていて、歓迎してくれた。いまではかれらもなかば隠居状態で、宿の経営は息子一家が引きついでいるのだそうだ。見おぼえのある石づくりの大きな母屋のまわりにはセメントを使った波トタン屋根の客室棟がならび、中庭の赤紫色の花(苞葉《ほうよう》)をたくさんつけたブーゲンビリアの木陰にならぶテーブルや椅子は、すぎ去った四〇年の歳月を忘れさせる。

恰幅のいい老女将になっているバセダは、ぼくがこの村に住みはじめたころにはまだ一〇代の乙女で、ぼくたちがはじめた宿の建物の家主だったタトパニ村一番の長者《ちょうしゃ》の娘だった。

バセダとスーリヤは姉《ディディ》-妹《バヒニ》とよびあう関係だった。といってもカリガンダキ川上流のタコーラ地方が故地のタカリー族のバセダと、下流の村から移り住んだチェトリ・カーストのスーリヤに血縁関係があるわけではなく、親かきょうだいの誰かのあいだで結ばれた義兄弟関係をとおしてできた関係だったのだろう。

じっさい当時のタトパニ村の住人はすべて、スーリヤと実際の血縁関係はなくても、みんな同世代なら兄・弟・姉・妹・イトコ、上の世代なら父・母・オジ・オバ、下の世代なら息子・娘・甥・姪などのいずれかの親族呼称で呼びあう関係だったのだ。

そんなわけでバセダとぼくは妻の妹《サリ》-姉の夫《ビナズ》という関係で、それは冗談を言いあったり、ふざけ戯れあったりしてもいい関係だった。というよりそうするべき関係なのだ、とぼくはスーリヤに教えられていた。若かったころのタトパニ村でのぼくの思い出のなかには、バセダはじめおおぜいのサリ(妻の妹)たちのいる情景がたくさんある。

ヒンドゥー教世界で「ホーリー」の名で知られる色粉や色水をかけあう春の祭は、タカリー族の多いタトパニ村でも「パルプルニ」(西暦の二月中旬~三月中旬にあたる、パルグン月の満月の意)とよばれて盛大に祝われていた。バザールの何軒かの宿や商店の娘や若女将たちが、少し下流にはなれたところにあるぼくたちの宿に大挙してやって来て、客室になっている二階のドミトリーにまで押しかけ、なんのことかもわからない宿泊客たちも含め、容赦なく血祭りに上げていく。大量に用意した赤い色粉や色水を、ひとりひとりに襲いかかって塗りたくりふりかけていくのだ。

そんなとき、いちばん元気な煽動役だったのがバセダだった。ふだん仏頂面で宿屋の主人をしていたぼくにも、バセダは臆することなく襲いかかってきた。わけがわからずに怒りだす泊まり客もいて、ぼくは祝福の印をつけあう祭りなんだからと説明しなだめて、用意しておいた色粉や色水を宿泊客たちにも配って反撃に転じたものだった。

ひさしぶりにタトパニ村に帰ってきて、再会できた数少ない隣人のひとりがなつかしいサリ（妻の妹《ビナズ》）のバセダだったことは、ぼくにはとりわけ嬉しいことだった。

「姉さんの夫の奥さんは、どんなに若くても姉さん《ディディ》なのよ」

といって、バセダは一五歳あまりも年下のミユをディディと呼び、姉のように迎えて歓待してくれていた。

八

温泉《タトパニ》はバセダの宿の裏手の石段道を下ってバス道路を横切った先の、カリガンダキの川原に湧いている。入浴料はひとり一〇〇ルピーとバセダから聞かされていたが、

「ひとり、いくら?」

とネパール語で売店の青年にたずねてみたら、「三〇ルピー」というこたえ。バス代、ジープ代など、なんでも外国人料金はネパール人料金の二倍、三倍に設定されているのだ。

ちょっぴり得した気分で夏場の昼間には熱すぎるほどの湯にゆっくり浸かって、上がってからミユが、

「冷たいビールある?」

なんて外国人なまりのネパール語できいたものだから怪しまれて、

「あんたらどこから来たの?」

と問い詰められ、追加の外国人料金を払わされてしまった。

いまの一〇〇ネパール・ルピーは日本円でたかだか一〇〇円余りでしかないが、一杯二五パイサ(四分の一ルピー)の紅茶《チヤ》や、三ルピー五〇パイサで食べ放題のダルバートを商《あきな》って暮らしていた四〇年以上前のぼくには大金で、当時一〇〇ルピー札といえば街道の村でくずして釣銭をもらうのが困難なほどの高額紙幣だった。紙幣の色やデザインから「緑の一角犀《ガイダ》」とよばれて

いた、価値あるお札だったのだ。バセダのお父さんに支払っていたゲストハウスの建物の賃貸料が月一〇〇ルピーだったことを思い出した。象の描かれたデザインでひとまわりサイズも大きい一〇〇〇ルピー札ともなれば、もうめったにお目にかかれない「ひと財産」といえるほどのものだった。

ところが今回の旅では一〇〇ルピー札はもとより、一〇〇〇ルピー札さえもが飛ぶように財布から消えていく。むかしの貨幣価値の感覚でとまっているぼくは適応できずに疲れてしまうので、ルピー札の入った財布は持たず支払いはすべてミユにまかせることにしていた。気前のよすぎるきらいのある彼女に財布を持たせておくのは、鴨にネギを背負わせて放つようなものだが、休暇旅行の妻に付き添っているだけだからそれでいいのだ。

石を積みあげた小さな湯槽《ゆぶね》があっただけのむかしのこの温泉はもちろん無料だったが、いまは毎朝お湯を抜いて掃除し、管理人が常駐していて、隣にはまだ使われていない新しい浴槽もできあがっている。思いのほか湯量は豊富のようだ。

広びろした湯槽にはネパール人の家族連れがにぎやかに入っていた。屋外での沐浴の伝統のあるこの国では、温泉にも裸で入ることはない。若い女性はショートパンツにTシャツのまま、年配の女性たちはサリーの下につけるペティコートの腰紐を胸の上まであげて、湯に浸かっていた。

九

夕食にはわがままを言って、メニューにはない蕎麦粉のディロ（そばがき）を作ってもらった。トウモロコシ、シコクビエ、ソバなどの雑穀の粉を火にかけたお湯で捏ねあげて作るディロは、米をあまり買えない山村の貧しい農民の主食で、むかしは客に出すようなものではないと考えられていた。しかし健康志向の人たちに見直され、いまではカトマンドゥや東京のネパール食堂のメニューにもときおり見かけるようになっている。都内にある人気のネパール料理店で、ごはんの定食ダルバートの二倍近い値段になっていてびっくりしたことがあるが、ぼくにとってディロはなつかしの家庭料理なのだ。

粉のまま残るだまができないように美味しく作るには年季の入った熟練の技を要するので、大女将のバセダがみずからキッチンに立って捏ねあげてつくってくれた。

この日の宿泊代や飲食代は受けとってもらえそうにないな、というぼくの懸念をよそに、ミユはシコクビエ《コド》の焼酎《ラクシー》のグラスをかさねている。

村の人口を上まわる数の外国人トレッカーで連日あふれかえっていたむかしのにぎわいを知る者同士の会話ははずみ、スーリヤの思い出や家族、隣人の四〇年近くにおよぶ近況報告をまじえて、バセダ夫妻との談笑は深夜までつきることがなかった。

ミユの仕事の関係で、急きょ明日中にポカラにもどらなくてはならないことになった。カトマンドゥから明日飛行機でポカラに向かうというプロジェクトの同僚から連絡が入ったのだ。タトパニ村の宿にも無料Ｗｉ-Ｆｉが飛んでいて、世界中とメッセージのやり取りができるのだ（なんていっても、ぼくにはどういう仕組なのやら分かっていないのだが…）。

ところが、明日は毛沢東主義者党《マオイスト》から分裂して閣外に去ったナンタラ派によるネパール・バンダ（全国的な交通封鎖）が実施されるということで、飛行機とリクシャー（三輪自転車タクシー）をのぞくすべての交通機関がストップしてしまうので、バスは来ないと知らされていた。

仕方なく、ということにして翌朝は川原に自然湧出している湯だまりを探して歩いた。むかし住んでいたころ行きつけにしていた、ぼくたちの宿のすぐ下にあった秘密のマイ湯槽《ゆぶね》のあった場所は、いまは流れがかわって川底になっていた。

バスの運行状況を確認するためにバスパークに行ってみると、目の前の川原から洗濯ものを抱えた湯上り美人が現われ、このあたりの川原のあちこちにも温泉が湧いていると教えてくれた。

見つけた湯だまりは寝そべらないと肩までつかれない浅いもの。目の前にはニルギリ峰が姿をみせていた。四〇年のときをひとっ飛び、湯の中の岩に触れるとヌルっと苔のように貼り付いた緑色の藻がはがれて浮いてくるのが、むかしもいまも天然温泉のだいご味だ。

助産師をしている妻の希望で分娩施設のある保健所《ヘルスポスト》を見学した後、すっかり変わってしまったところやむかしの記憶のままのところがモザイク状に混在する風景の中を散策していたら、四〇年前は小学生でいまは商店と宿屋の女将さんになっているぼくを知るもうひとりの「妻の妹《サリ》」に、バザールで再会を果たすことができた。結局タトパニ村で会ったなつかしい隣人は、バセダ夫妻と彼女の三人だけということになる。

彼女の父親は著名な**日本人老登山家**[8]とエベレスト最高齢登頂記録を最後まで競いあい、最近エベレスト・ベースキャンプで心臓麻痺をおこして八五歳で亡くなったという。スーリヤを「娘《チョリ》」ぼくを「娘婿《ザイン》」と呼んでいたあの気さくで磊落だった「舅《サスラ》」が、晩年になってタカリー族いちばんの有名人になってしまうとは、当時は思いもしなかったが…。

昼食のために宿にもどると、交通封鎖《バンダ》は夕方五時には解除になる、というニュースが入っていた。そして昨夜遅く宿に着いた湯治客を乗せた4WD車が空で帰るので客をさがしている、というのだ。最初の検問所のあるベニに五時ごろ着くようにタトパニを三時ごろ出発すれば、夜の遅くない時間にポカラに着けるだろう。車はインドTATA《タタ》社製のSUMO《すもう》という頑丈そうな車だった。にわかに優雅な貸切り帰還の運びとなった。ガタガタ道もなんのその、来たときとは大違いの快適なオフロード・ドライブだ。

もし途中で検問があったら、ネパール語は決して口にしないように、と運転手に言いふくめられている。交通封鎖《バンダ》などの取り締まりも、外国人観光客《ツーリスト》に対しては比較的寛大のようなのだ。この旅で見かけたバスが、どんなポンコツ車でも、どんな田舎道を走るバスでも、必ずといっていいほどフロントガラスに英語で「ツーリスト」と大書してあるのが不思議だったが、その謎がやっと解けた。

状況によって現地人になったり外国人になったりを使い分けるのが、ぼくの旅の極意だ。それは異国で暮らす極意でもあり、そういえば日本で暮らす極意でもあった。面倒なことに巻き込まれそうになったり、納得できない慣習を押し付けられそうになったりしたら、「事情を知らないよそ者」のふりをしてさっさと逃げ出してしまうのだ。

大雨が降ったのか大きな水たまりや濁流の流れる側溝があちこちに見られるが、ぼくたちは雨期のさなかのこの旅で、一度も雨に打たれなかったことに気づいた。途中何のトラブルもなく快調に走り、思いのほか早い時間に着いてしまえそうなので、街の灯のともりはじめたポカラの盆地を見下ろすサランコットの丘に寄り道してもらった。

むかしはのどかな田舎町だったポカラも、いまでは人口三〇万人を超えるネパール第二の大都会に発展して副首都とよばれ、国際空港の建設もすすめられている。そして町はずれにあったはずのペワ湖の湖畔は、すっかり市街地にのみこまれてしまっていた。

コマガネ友好母子病院の立ち上げに参加しているミユに、明日は二一世紀のポカラの町を案内してもらうことになっている。

（最終話・完）

註

1 **日本の人気ロック・グループ**　一九七〇年代後半〜八〇年代前半にかけてヒット曲を連発した「ゴダイゴ（GODIEGO）」が、一九八一年にカトマンドゥで海外初コンサートを開いている。

2 **ノンフィクションの物語**　『ヒマラヤの孤児マヤ』岩村史子著・偕成社。一九七〇年。

3 **ぼくが書いた文庫本**　『ヒマラヤの花嫁』平尾和雄著・中公文庫。一九八一年。原著は日本交通公社出版事業局刊、一九七六年。

4 **日本人医師**　岩村昇（一九二七〜二〇〇五）は日本キリスト教海外医療協力会（JOCS）から派遣されて、一九六二年から約一八年間にわたってネパールで活動した。『山の上にある病院―ネパールに使いして』（史子夫人との共著）新教出版社・一九六五年。など著書多数。アジア地域で社会貢献などに功績のあった個人や団体に贈られる「マグサイサイ賞」を一九九三年に受賞している。

5　**日本にもどって来た後に書いた本**　『ネパール旅の雑学ノート』平尾和雄著。ダイヤモンド社・一九九六年。

6　**バジャン bhajan**　神々の名前や栄光をくりかえし朗詠する、神々の讃歌。

7　**時計回りに**　ヒンドゥー教でも仏教でも、寺院や仏塔、神仏の像やマニ車、マニ石など、礼拝の対象になるものに対しては時計回りに廻ることになっている。右肩を向けて歩く、「右繞《うにょう》」という作法だ。道のまん中に祠や仏塔が建っていれば、身体の右側に聖なる対象物がくるように、すなわち左側を通りぬけなければならない。

8　**日本人老登山家**　三浦雄一郎（一九三二〜）は二〇〇八年に七五歳でエベレストに登頂したが、ネパール人のミンバハドゥル・セルチャン（一九三一〜二〇一七）がその前日に七六歳で登頂を果たしていた。五年後の二〇一三年に八〇歳になった三浦が再登頂に成功。セルチャンは二〇一七年に再度エベレストに挑戦したが果たせず、ベースキャンプで死亡した。

エピローグ

一九八〇年代の末に、ぼくはネパールでの生活を切り上げて日本にもどって来ました。それは日本が昭和から平成にかわるころで、同じころベルリンの壁が崩壊し、天安門事件がおこっています。やがてソビエト連邦が解体するなど世界はおおきく変化していく時期でしたが、ネパールでも一九九〇年に民主化運動がおこって国王独裁体制から立憲君主制にかわり、翌年にははじめての総選挙が行われました。しかし政治は混乱し、九六年には反政府武装組織マオイストが「人民戦争」を開始します。

二〇〇一年にはビレンドラ国王夫妻はじめ王族一〇名が射殺される事件が、カトマンドゥの王宮内でおこります。このときは東京でひとり暮らしをしていたぼくのところに、新聞社やテレビ局からコメントを求める電話がありました。ネパールの事情に詳しい人物、と思われていたのかもしれませんが、日本で報道されていた以上のことは何も知らないぼくに話せるようなことはありませんでした。

事件で唯ひとり生きのこった弟のギャネンドラが即位し、最後のネパール国王になります。新国王は議会を解散して首相を解任、国王親政を復活させてマオイスト軍との戦闘に王国軍を投入して内戦はさらに激化していきます。二〇〇五年には「非常事態宣言」を発令して言論統制や政治家の軟禁などの強硬策をとったため、国王は国民の反発をまねき、ふたたび民主化運動の機運がたかまっていきます。

二〇〇六年にはマオイストと既成七政党のあいだで和平協定が結ばれて「人民戦争」は終結。〇八年には選挙がおこなわれて、議会初日に王制廃止、連邦民主共和制への移行が宣言されます。二四〇年あまりつづいたシャハ王朝崩壊以降も多数の政党が乱立する政党政治の混迷がつづくなか、二〇一五年四月にネパール中部を震源とするマグニチュード七・八の大地震が起こります。多数の村が壊滅し、八〇〇万人あまりが被災し、九〇〇〇人におよぶ人びとが亡くなる大惨事でした。

そして二〇二〇年以降世界を襲ったコロナ禍はこの国でも多くの生命を奪い、ネパール経済を支える大きな柱である観光にもダメージを与えました。

村々にも電灯がともり、カリガンダキの川沿いに開通している自動車道路は奥ムスタンのチベット国境まで延び、道路の拡幅工事や舗装工事も徐々に進んで、快適なハイウェイに変貌しつつあります。むかしは外国人のトレッキングが許可されていた最奥の村だったジョムソンはムスタン郡の行政の中心地であり、その後解禁になったムクティナートまで、舗装された道路を路線バスや乗合いジープが行き来しています。そしてジョムソン空港にはカトマンドゥやポカラから、毎日何便もの定期便が運航されています。

ジョムソンはネパール最高所の、すなわち世界最高所の湖であるティリチョ湖（四九二〇メートル）へのトレッキングのスタート地点であり、ムクティナートから先にはアンナプルナ山群外周ルートの最高地点トロン峠《ラ》（五四八二メートル）を経て、アンナプルナの東側、マナスル山群との間を流れるマルシャンディ川に沿う道路の最奥の村マナン（三五四〇メートル）へと下るトレッキングルートが続いています。むかしはトレッキングコースのゴールだったジョムソンやムクティナートが、いまではそのスタート地点になっているのです。

一九九一年に解禁されるまで長く外国人の入域が許されず、「最後の秘境」、「禁断の王国」などとよばれていた奥《アッパー》ムスタンには、ネパール王国内での自治権を認められていた「ムスタン王国」が、ネパールが共和国にかわった二〇〇八年まで存続していました。しかしいまでは、特別許可を取得すればだれでもその都だったローマンタンを訪れることができるようになっています。一九三五年生まれの最後のムスタン国王は、二〇一六年一二月にカトマンドゥで亡くなっています。一九五三年に英国隊のヒラリーとシェルパのテンジンによって初登頂された世界の最高峰エベレストも、案内人のシェルパを含め年間の登頂者数が八〇〇人を超え、登山シーズンには登頂ルートが混雑して渋滞が起き、それにともなう事故や遭難も増えているということです。

カトマンドゥから、ポカラをはじめ全国各地へと向かう長距離バスの中には、リクライニングシート、エアコン、無料WiFi、ペットボトルのミネラルウォーター、経由地でのビュッフェランチなどのついた豪華なものも少なくありません。

小さなプロペラ機がときおり発着する、ウシが草を食むのどかなローカル空港しかなかったポカラにも、インド国境に近いタライ平原にあるゴータマ・ブッダ（釈尊）生誕の聖地ルンビニ近郊にも、長い滑走路を持つ国際空港が開港しています。

カトマンドゥとポカラを結ぶ国道沿いの村から三時間あまりかけて険しい山道を登らないとたどり着けなかった、願いごとがかなうことで知られるマナカマナ寺院までは、一九九八年にネパール初の観光ロープウェイが開通しています。麓駅から一〇〇〇メートルほどの標高差をわずか一〇分で上れるようになってさらに人気の観光寺院になっています。

ポカラのペワ湖《タル》の北にあるサランコット（一五九二メートル）の丘は、以前はミニトレッキングで日帰りできるアンナプルナ山群の展望台として人気でしたが、後には車で行ける道路が整備され、いまではレイクサイド近くから山頂の展望台直下までを約一〇分で結ぶ観光ロープウェイが、ここでも運行されています。

そしてぼくの第二のふるさとタトパニ村には、七階建の豪華リゾートホテルが開業しているそうです。そのホテルの写真をＳＮＳの画面に見つけたときにはにわかには信じることができず、温泉の湧いているどこか別のタトパニ村の話ではないかと疑ったものでした。しかし掲載されている何枚かの写真を拡大して仔細に見てみると、その一枚の広々したロビーの大きなガラス窓の奥に、むかしぼくが毎日のように眺めていた紛れもないニルギリ峰の懐かしい姿がありました。

むかしは「秘境」といわれていた村々にまで携帯電話やスマートフォンが普及し、村人たちはＳＮＳの無料通話を使って海外に住む出稼ぎ家族と連絡をとりあっています。

奥地の村に行っても、ヒマラヤの写真をとるのに電柱や電線が写り込まないように構図を考えなければならない、そんな時代がくるとは、あるいはそんな時代まで生きながらえることになるとは、ぼくがネパールの村で暮らしていた当時は思いもよらないことでした。

完

参考文献

『今昔物語集　本朝部（中）（下）』池上洵一編（岩波文庫）

『古事記（中）』次田真幸全訳注（講談社学術文庫）

『聊斎志異（上）（下）』蒲松齢　立間祥介編訳（岩波文庫）

『千一夜物語6』佐藤正彰訳（ちくま文庫）

『雨月物語（上）』上田秋成　青木正次全訳注（講談社学術文庫）

『荒野聖・眉かくしの霊』泉鏡花（岩波文庫）

『怪談・奇談』ラフカディオ・ハーン　田代三千稔訳（角川文庫）

『冥土・旅順入城式』内田百閒（岩波文庫）

『潤一郎ラビリンスⅦ怪奇幻想倶楽部』谷崎潤一郎　千葉俊二編（中公文庫）

『こぶとり爺さん・かちかち山／日本の昔ばなし（Ⅰ）』関敬吾編（岩波文庫）

『日本の昔話（上）』稲田浩二編（ちくま学芸文庫）

『日本の昔話』柳田国男（新潮文庫）

『日本の怪談』田中貢太郎（河出文庫）

『ネパール・インドの聖なる植物』T・C・マジュプリア　西岡直樹訳（八坂書房）

『南アジアを知る事典』（平凡社）

『ネパール語辞典』三枝礼子編著（大学書林）

『nepalka standhari banya jantuharu（wild mammals of Nepal）』himali prakriti

『birds of Nepal』helm field guides

平尾和雄（ひらお　かずお）

1946年埼玉県生まれ。1970年東京都立大学人文学部卒業。1972年ネパールのダウラギリ県タトパニ村でネパール人女性と結婚。旅館「スルジェ館」を開業。1987年帰国。1981年『ヒマラヤスルジェ館物語』（講談社、のち講談社文庫）で第三回講談社ノンフィクション賞受賞。著書はほかに『ヒマラヤの花嫁』（1976年　日本交通公社、のち中公文庫）、『ネパール旅の雑学ノート』（1996年　ダイヤモンド社）、『スルジェ―ネパールと日本で生きた女性』（2001年 旅行人）がある。

装丁・デザイン　渡辺明美

カバー写真　平尾美幸

協力　斎野政智

編集　島田真人

ヒマラヤ今昔物語

2024年 12月 21日 初版発行

著　者 平尾和雄

発行者 島田真人

発行所 阿佐ヶ谷書院

〒166-0004　東京都杉並区阿佐谷南 3-46-19-102
〒999-3245　山形県上山市川口字北裏 150-1
e-mail : info@asagayashoin.jp
URL : http://www.asagayashoin.jp

印刷所：シナノ書籍印刷

ISBN 978-4-911197-02-8